―書き下ろし長編官能小説―

兄嫁とふたりの幼馴染み

河里一伸

竹書房ラブロマン文庫

目次

プロローグ 5
第一章 幼馴染み人妻の痴態 21
第二章 純情お姉ちゃんの処女 61
第三章 巨乳兄嫁のバストに包まれて 137
第四章 年上美女たちの肉宴 191
エピローグ 250

この作品は、竹書房ラブロマン文庫のために
書き下ろされたものです。

プロローグ

「それではぁ、輝樹《てるき》くんが東京からお家《うち》に戻ってきたことを祝して、かんぱぁい」

椅子から立ち上がった北条《ほうじょう》ゆかりの、ややおっとりしたかけ声に合わせ、椅子に座ったままの小田《おだ》麻里奈《まりな》と長井《ながい》志保《しほ》が、「乾杯」とビールの入ったグラスを掲《かか》げる。

そして、ゆかりの隣に座っていた北条輝樹も、戸惑いを覚《おぼ》えながら「か、乾杯」とグラスを掲げた。

十月上旬の土曜日、N県U市にある輝樹の実家には、三人の美女が集まっていた。

ダイニングテーブルには、五百ミリリットルの缶ビールやつまみ類、ゆかりの手料理が所狭しと並んでいる。

乾杯の音頭を取った北条ゆかりは、今年二十三歳になった輝樹の十歳上の兄・茂《しげる》の妻で、もうすぐ結婚十年目になる。彼女は夫より一歳上なのだが、ストレートのロングヘアにやや垂《た》れ目気味なおっとりした雰囲気を漂《ただよ》わせた美女だ。実際、言動も少しのんびりした感じだが、とても気が利いて優しい義姉《あね》である。何より、ゆったりめの服の上からでも分かる爆乳が、目を惹《ひ》いてやまない。

「それにしても、あの輝くんがもう社会人だなんて、なんだか信じられないわね。月日が流れるのは早いって、しみじみ思うわ」

輝樹の斜め向かいの席に座っている長井志保が、ビールを飲みながらしみじみとそう口にした。

彼女は輝樹より五歳上の二十八歳で、セミロングの黒髪に整った顔立ちをしており、やや吊り目気味で見るからに生真面目そうな美女である。バストサイズはゆかりにやや劣るものの、それでも充分に「巨乳」と呼べる大きさはある。

志保の実家は、北条家から三軒挟んだ並びにあり、彼女とは自分が生まれたときからの幼馴染《おさななじ》みである。もっとも、今は結婚して、徒歩十分ほどの場所にあるマンションで夫と二人暮らしをしているらしいが。

「あたしも、まさか輝樹が同じ会社に、しかも本社から出向で来るなんて思わなかったなぁ」

と、正面に座っている小田麻里奈も、グラスを傾《かたむ》けながら感慨深そうに言う。

彼女は、ショートボブの髪にやや中性的な顔立ちをした美女で、輝樹より二歳上の幼馴染みである。バストサイズは志保よりも小振りだが、それでも充分なふくらみの持ち主だ。

　麻里奈は昔から快活な性格で、彼女が中学に上がるまで輝樹はあちこち引っ張り回されたものである。ところが、輝樹が中学一年生の冬を迎える頃から急に会える頻度《ひんど》が減り、さらに麻里奈が高校に進学するタイミングで一家が名古屋に引っ越したため、それ以来つい先日まですっかり縁《えん》が切れていたのだ。

　正直、輝樹の記憶の最後にある麻里奈の容姿は、まだボーイッシュな印象が強かった。そのため、再会したときすっかり女性らしくなっていた彼女に、驚き戸惑ったものである。

（まったく、俺が東京にいる間、実家の管理をしてくれていたゆかりさんはともかく、こっちに戻って来た途端《とたん》に、志保姉ちゃんと麻里姉ちゃんと再会するとは、さすがに思ってなかったぜ）

　何しろ、二人の幼馴染みとこうして集《つど》ったのも約十年ぶりなら、ゆかりも交えて一堂に会したのはこれが初めてなのである。

　高校までずっとU市で過ごしてきた輝樹は、大学進学を機に上京して、卒業後は総合人材派遣会社大手のフューチャーロードスタッフサービスの東京本社に就職した。

フューチャーロードは、全国に支社を持っているが、業界最大手との競合を避けるため、あえて都道府県で二番目や三番目の規模の街に支社を作ることが多い。U市はN県で三番目の人口があり、駅前にフューチャーロードの支社があった。

とはいえ、本社に入って半年で地元のU市支社に転勤する羽目になったのは、さすがに輝樹も予想外だった。

U市は人口十五万人あまりで、高速道路が通っていて街の中心に新幹線の駅もあるのだが、県内最大の都市のN市や関東圏に人が流れてしまい、近年は人口が減少傾向にある。そのせいか、支社の業績も芳《かんば》しくなかった。

そこで、本社が入社半年ながら地元出身の輝樹を、応援として派遣した次第である。

もっとも、表向き「地元をよく知っているから」という理由はつけられていたものの、実家から通勤できて住宅手当や交通費の必要がないのが白羽の矢が立った大きな要因だろう、と想像はしていたが。

輝樹の両親は、海外での長期の仕事をしているため今は不在である。とはいえ、いずれは帰国するので、兄嫁のゆかりが草取りや掃除など実家の管理を行なっていた。

そんな彼女は、輝樹が実家に戻ってくることを知り、一週間前の引っ越し当日もわざわざ手伝いに来てくれた。もちろん、同じU市内で車で十五分程度の距離の場所に住んでいるため、往来も大した手間ではないのだろうが。

加えて、輝樹が戻ってくる少し前に、茂が単身赴任で十二月半ばまでの長期出張に出てしまったらしい。ただ、子供ができなかったため、実は暇を持てあまし気味だったそうで、手伝いがちょうどいい時間潰しになったようだ。

しかし、いくら実家に戻ったとはいえ、引っ越しをすれば足りないものがどうしても出てくる。ましてや、これから生活をするとなると、食料品は絶対に買わなくてはならない。

そのため、輝樹はゆかりと近所の商店街へ買い物に出かけた。

そうして商店街を歩いていたとき、輝樹は志保と偶然バッタリ再会したのである。

「輝くん、久しぶりね？」

五歳上の幼馴染みから先に声をかけられて、輝樹は驚きと困惑と共に、なんとも言えない気まずさを感じ、「志保姉ちゃん……」と口にするのがやっとだった。

何しろ、彼女は輝樹にとって単なる幼馴染みではなく、初恋の相手であり、失恋した相手でもあるのだ。ほぼ十年という時間が経っていても、顔を合わせると胸の痛みを覚えずにはいられない。

それにしても、二十八歳になった志保からは十年前にはあまり感じられなかった妖《よう》艶《えん》さが感じられ、以前に増して魅力的になっていた。それに、高校生の頃も彼女のバストはかなり大きかったが、この十年でさらに成長したらしく、記憶にあるよりもサイズアップしている。ゆかりがいなかったら、マジマジと見入っていたかもしれない。

実のところ、輝樹はアイドルであっても年上にばかり興味を持ち、同い年や年下にはまるで心惹かれなかった。女性の好みがそのようになったのは、物心がつく前から目の前の彼女ともう一人の二歳上の幼馴染みに世話をしてもらっていたことが、大きな要因と言える。

もっとも、単に失恋した幼馴染みと顔を合わせただけであれば、狼狽《ろうばい》はしても気まずさはどうにか抑《おさ》えられたかもしれない。

最大の問題は、兄嫁が隣にいるということだった。

何しろ、輝樹が志保に失恋した理由は、彼女が茂に思いを寄せていたからだったのである。

輝樹が中学一年生のとき、志保は高校三年生で大学受験を控えていた。ただでさえ、五歳上の彼女が中学や高校に進学して以来、会う機会がめっきり減っていたこともあって、思いを募らせていた輝樹は意を決して告白したのである。

だが、志保は「ゴメンね。わたしが好きなのは、お兄さんの方なの」と応じ、輝樹の初恋はあえなく終わりを告げたのだった。

何しろ、彼女が輝樹の面倒をよく見てくれていたのも、実は茂に頼まれたからというのが大きな理由だった、と言うのだ。もちろん、近所に住む年下の男の子を可愛がる気持ちに嘘《うそ》はなかったが、好きな相手の心証をよくしたいというのが、主な動機だったらしい。これでは、どうあがいても勝機はない。

ところが、その直後に茂が「俺、婚約したんだ」と打ち明けたため、志保の恋心も呆気《あっけ》なく打ち砕かれてしまった。

それ以後、近所にいながらこの五歳上の幼馴染みとは、ほとんど顔を合わさなくなった。そして、彼女が県外の大学へ進学したことで、すっかり縁が切れたのである。

「志保姉ちゃん？　ああ、そういえば茂さんから聞いたことがあるわぁ。輝樹くんが小さい頃に、よく一緒に遊んでくれていたって人よねぇ？　わたし、北条茂の妻のゆかりと言います」

輝樹の言葉を聞いたゆかりが、そう言って志保に向かって頭を下げる。

兄嫁が初めて北条家を訪れたのは、茂が婚約を打ち明けたあとのことなので、志保とはこれが初対面だった。だからだろう、ゆかりのほうが五歳上なのだが、年下の相手に丁寧語を使っている。

「あっ、あなたが……わたしは、長井志保です」

と困惑したように応じて、志保も会釈で返す。やはり、自分の好きだった男性と結婚した人間と、十年経ってから顔を合わせたことに戸惑っているらしい。

ただ、輝樹は彼女の自己紹介に、「長井？」と首を傾《かし》げていた。

(志保姉ちゃんの姓は、武田《たけだ》じゃないか？)

「ああ。わたし、四年前に結婚したのよ。今は、この商店街近くのマンションで、夫と二人暮らしをしているわ」

こちらの疑問に、志保が少し複雑な表情を浮かべながら応じる。

「えっ!?　志保姉ちゃん、結婚していたんだ？」

輝樹は驚きを隠せず、そう口にしていた。

もちろん、彼女の年齢的に仕方のないことだ、という思いはある。しかし、かつて恋した女性がどこの誰かも分からない男のものになっていたことには、どうしてもショックと寂しさを感じずにはいられない。

「それにしても、こんなところに二人で買い物に来るなんて、いったいどうしたの？」

こちらの言葉をスルーして、志保が首を傾げながら訊《き》いてくる。

「あっ、えっと……僕、東京の会社に就職したんだけど、こっちの支社に転勤になって、今日、実家に戻って来たんだ」

「わたしは、輝樹くんの引っ越しのお手伝いに来ていたんですぅ。それで、足りないものとか食べ物なんかを買いに来てぇ」

「そうだったの。買い物の邪魔をして、ごめんなさい」

「いや、そんなことは……」

五歳上の幼馴染みの謝罪に、輝樹はどう返答するべきか戸惑い、言葉に詰まっていた。

失恋した相手で、今は人妻になっているとはいえ、美しく成長した初恋の人と再会できたのだ。彼女の近況が分かっただけでも僥倖《ぎょうこう》と言える気もするし、あまり知りたくなかった気もして、なんとも複雑な心境にならざるを得ない。

「あっ、そうだわぁ。輝樹くんの歓迎会をしませんかぁ？」

こちらの戸惑いに気付いた様子もなく、ゆかりがいきなり手を叩いてそんなことを言った。

あまりにも突然の提案に、志保も「歓迎会？」と目を丸くする。

「ええ。せっかくなんだしぃ、どうでしょうかぁ？」

にこやかに提案する兄嫁に対し、幼馴染み人妻がやや考え込む素振りを見せて、それから輝樹を見た。

「……そうですね。分かりました。やりましょう」

「えっ？　あ、あの……」

輝樹は、戸惑いを隠せなかった。

自身の初恋の相手と、彼女が兄に失恋する原因になった女性が一つ屋根の下に集うことに、もちろん困惑の気持ちはある。だが、狼狽した原因はもう一つあった。実は志保に失恋して以降、輝樹は兄嫁に心惹かれるようになっていたのである。

何しろ、年上で年齢相応の大人びた美貌に加えて、爆乳の持ち主なのだ。正直、年上好きの男子が惹かれない要素などない、と言っていいだろう。とはいえ、さすがに義姉に対してその思いを告げることなど絶対にできなかったが。

「それじゃあ、来週なんてどうかしらぁ？」

「いいですね。ウチの夫、来週の土曜日は接待ゴルフでいないですし」

輝樹が惚《とぼ》けている隙に、ゆかりと志保の間で話がどんどん進み、いつの間にか翌土曜日に歓迎会をやることが決まったのである。

そのことに困惑したまま、輝樹は週末を荷物整理に費やし、そして翌月曜日のフュ

―チャーロードＵ市支社への初出勤の日を迎えたのだった。

その日出勤した輝樹は、さらに驚くことになった。

「えっ？　て、輝樹!?」

始業時間より早めに出社して、まず支社長に挨拶を済ませた直後、輝樹の背後からそんな女性の素《す》っ頓狂《とんきょう》な声がした。

振り向くと、そこにはスーツ姿の小田麻里奈がいたのである。黒革のトートバッグを持っていることから、彼女が出勤してきたばかりなのは間違いない。

「麻里姉ちゃん!?　なんで、ここに？」

まさか、二歳年上の幼馴染みがいるとは思ってもみなかったため、輝樹は支社長の前なのも忘れてそう問いかけていた。

「なんでって、あたしここで働いているんだもん。輝樹こそ、東京に行っていたんじゃないの？」

「あ〜……そうなんだけど、こっちに転勤してきて」

「ああ、そういえば東京の本社から応援が来るって聞いていたけど、輝樹のことだったんだ？　ビックリしたなぁ」

「ビックリしたのは、こっちもだよ。麻里姉ちゃん、確か名古屋に引っ越したって聞いていたし」

「う、うん、そうなんだけどね。まぁ、ちょっと思うことがあって、大学を出たあとこっちで就職したんだ。今は、マンションで一人暮らしをしているの」

戸惑いの表情を浮かべながら、麻里奈が応じる。

「おう、なんだ。二人とも、ずいぶん親しそうだな？」

支社長のそんな声で、輝樹は自分がどこにいるかをようやく思い出した。

気付けば、出社していた他の社員たちからも、好奇の目が向けられていた。

麻里奈も視線に気付いたらしく、「はうう……」と真っ赤になった顔を手で覆《おお》って沈黙してしまう。

「あ、その、麻里姉ちゃ……小田さんは、十年前までウチの近所に住んでいて、小さい頃によく遊んでもらっていたもので」

「なるほど、幼馴染みか。だったら、ちょうどいい。北条くんがこっちの仕事に慣れるまで、小田くんが面倒を見てやってくれ」

この支社長の鶴の一声で、二歳上の幼馴染みが輝樹の指導係を受け持つことになったのだった。

そうして、昼休みになったとき。

「ね、ねえ？　せっかくの再会なんだし、その……会社とは別に、輝樹の歓迎会をしたいんだけど？」

席に近づいてきた麻里奈が、少し恥ずかしそうに切り出した。

「あっ、えっと……実は、兄ちゃんのお嫁さんのゆかりさんと、えっと、志保姉ちゃんが今度の土曜日に歓迎会をしてくれることに……」

「ええっ、そうなの？　だったら、あたしも便乗していいよね？」

「まぁ……た、多分……」

勢い込んで訊いてきた幼馴染みに狼狽しながら、輝樹はそう応じた。

そして、ゆかりに彼女の件を話したところ参加を快諾してもらい、今日を迎えた次第である。

(それにしても、ゆかりさんはともかく、俺も志保姉ちゃんと麻里姉ちゃんと酒を飲めるようになったんだなぁ)

先ほどの彼女たちと同様に、輝樹も月日の流れに感慨を覚えずにはいられなかった。

ところが……。

「もうねぇ、接待、接待って、週末になるといっつもゴルフに行くんだから！」

しばらくしてアルコールが回ってきたらしく、志保がビールを喉《のど》に流し込みながら、そんな愚痴をこぼしだした。

「うちのお父さんは、ゴルフをやらなかったからなぁ。何が楽しいのかな？」

と、麻里奈が首を傾げる。

「茂さんも、ゴルフはやらないのよねぇ。まぁ、今は出張とかで忙しいから、それどころじゃないんでしょうけど」

ゆかりも、グラスを傾けながら言う。

「はぁ、いいなぁ。まったく、そんなにゴルフが好きなら、ゴルフと結婚すればよかったのよ！」

そう言って、志保が手酌でビールをグラスに注《そそ》ぎ、また一気に飲み干す。

（志保姉ちゃん、荒れてるなぁ。よっぽど、旦那さんに不満があるのか。しかし、改めて見ると、やっぱりすごい面子《めんつ》が揃《そろ》った感が……）

何しろ、ここに集ったのはそれぞれに異なる魅力を持つ美女ばかりなのだ。

おまけに、ゆかりは現在進行形で心惹かれており、志保はかつて思いを寄せた相手である。また、麻里奈のことも恋愛感情と言うほどではなかったが、姉のような存在としてずっと憎からず思っていた。

そんな見目麗《みめうるわ》しい女性たちが一堂に会し、目の前にいるのだ。志保に振られて以来、女気のない生活を送っていた男にとっては、夢のようなシチュエーションと言える。

そう意識すると、今さらのように胸の高鳴りを禁じ得ない。

「おーい、輝くぅん？　飲んでるぅ？」

不意に、立ち上がった志保がこちらにやって来て、後ろから抱きついてきたため、輝樹は我に返った。

「ちょっ……し、志保姉ちゃん？」

輝樹は、戸惑いの声をあげていた。

何しろこの体勢だと、大きなふくらみが後頭部に押し当てられるのだ。

「ほらほら～。輝くんの歓迎会なんだから、もっと飲みなさいよぉ」

と言いながら、志保がグイグイとバストを強く押しつけてくる。

ブラウスとブラジャーを挟んでのこととはいえ、その感触自体は気持ちいい。だが、酔っ払って絡《から》まれているのはいささか困りものである。

「志保さんと輝樹くんって、本当に仲良しなのねぇ」

そう言って、楽しそうにこちらを見ているゆかりも、頬《ほお》がほのかに紅潮しており、いつになく妖艶な雰囲気を醸《かも》し出している。

「むうっ。仲がいいのは、志保お姉ちゃんだけじゃないもんっ。あたしだって、昔は輝樹と仲良しだったんだから！　輝樹が小さい頃は、お風呂に入れてあげたことだってあるんだよっ！」

と、麻里奈までが立ち上がって輝樹のほうに回り込み、腕にしがみついてきた。

彼女の目も据《す》わっていて、既に正常な思考力が失われているように思える。

ただ、腕にギュッと身体を押しつけられれば、志保ほどのサイズはないものの充分なボリュームのある乳房の感触が、服とブラジャー越しに伝わってくる。

（うわぁ。志保姉ちゃんと麻里姉ちゃんのオッパイが……こ、これはどうしたらいいんだろう？）

ゆかりの前だし、もういい年齢なのだから、子供の頃のようにベタベタするのは遠慮してもらいたいが、そうかと言って生々しいふくらみの感触はいつまでも堪能《たんのう》していたい。

嬉し恥ずかしな心境になりつつ、酔った勢いで無防備に密着してくる二人の幼馴染みと、三人のやり取りを楽しそうに見ているだけの兄嫁に、輝樹はなんとも複雑な心境を抱かずにはいられなかった。

第一章　幼馴染み人妻の痴態

1

「うひゃあ。まさか、こんな雨になるなんて」

歓迎会から二週間ほど経った、ある平日の夜。輝樹は折り畳み傘をさして、雨の中を自宅に向かって歩きながら、思わずそうボヤいていた。

天気予報になかった急な豪雨だったが、ビジネスバッグにコンパクトな折り畳み傘を常備していたおかげで、頭からずぶ濡れになる事態は避けられた。が、雨の勢いが年に一度あるかないかという猛烈なものだったため、会社から十五分程度の距離を歩いただけで、ズボンや靴はすっかり濡れている。

U市のあたりは、十月も下旬に差しかかってくると朝晩はかなり冷えるようになる。

もちろん、まだコートを着込む必要はないが、雨が降ると気温がいちだんと下がり、濡れたところから体温が奪われていく。さっさと家に帰って入浴しないと、風邪を引いてしまいそうだ。

今日まで、輝樹は社内の仕事を覚えつつ、時間のあるときは麻里奈の案内でU市内の取引先との顔合わせをしていた。それらを一通り終えて、ようやく支社の戦力として仕事に励む決意を新たにしたのである。その矢先に風邪を引いては、さすがに洒落《しゃれ》にならない。

そんなことを思いながら、足早に自宅へと向かう。

そうして、家の前にやって来たとき、輝樹は玄関の軒下に人影があるのを見て、思わず目を丸くしていた。

「し、志保姉ちゃん!?」

「あっ……輝くん、やっと帰ってきたんだ？」

驚きの声をあげた輝樹に対し、顔を上げた志保が弱々しい笑みを浮かべて応じる。

傘を持っていなかったのだろう、カーディガンと首周りがフリルになったブラウス、それにロングスカート姿の彼女は、髪から服まで全身がびしょ濡れになっていた。

「いったい、どうしたのさ？　なんで、ウチに？」

「あはは……情けない話なんだけど、買い物の最中にマンションの鍵をうっかり側溝に落としちゃって……夫に電話をしたら、『今は忙しいから、それくらい自分でなんとかしろ』って言われて、ようするに家に入れなくなっちゃったわけ。しかも、雨が降ってきちゃって、どうしようもなくなったのよ」

五歳上の幼馴染みが、なんとも気まずそうに応じる。

「けど、それなら実家に行けばよかったんじゃない？」

と、輝樹は疑問を口にしていた。

志保の実家は、ここから三軒離れているだけである。濡れたまま、わざわざ北条家の前で待つ必要などあるまい。

「まぁ、本当はそうなんだけど……実家には、ちょっと頼れなくて。ねえ、家に上げてくれる？　このままじゃ、風邪を引いちゃいそうで」

そう言われて、輝樹は彼女が頭からずぶ濡れなことを思い出した。

ズボンが濡れただけでも、身体に冷えを感じているのだ。雨が降りだしたのは一時間ほど前なので、志保がここに来たのはそのあとと推測される。ただ、「やっと帰ってきた」と言っていたことから、しばらく待っていたのは間違いあるまい。そうであれば、既に体温がかなり奪われているはずだ。実際、よく見ると彼女は寒そうに身体を小刻みに震わせている。

「わ、分かったよ。とにかく、上がって」

そう言って、輝樹は玄関の鍵を開け、五歳上の幼馴染みを自宅へと招き入れた。

とはいえ、全身が雨でビショビショの彼女をそのまま上げるわけにもいかない。そこで、まずは自分が先に上がって洗面所からバスタオルを何枚か持ってきて、水分をザックリと拭《ふ》き取ってもらうことにする。

その間に、輝樹はリビングの暖房を入れ、風呂場に行って浴槽の栓を確認し、お湯張りボタンを押した。

ちなみに、ゆかりは毎日のように輝樹が不在の昼間に来ては、掃除や洗濯、夕食と明日の朝食まで用意してくれている。帰宅して、こうしてすぐに風呂を入れられるのも、彼女のおかげと言っていい。

リビングに戻ると、志保が立ったままカーディガンを脱ぎ、ブラウス姿になって髪を拭いていた。スカートまでビショビショに濡れているため、さすがにソファなどに座るのは遠慮しているのだろう。

「志保姉ちゃん、とりあえず風呂にお湯が入るまで、少し我慢してくれる？」

「うん、ありがとう。ゴメンね、輝くん」

バスタオルで髪を拭きながら、彼女がなんとも申し訳なさそうに言う。

（うわっ。服が水分を吸って身体に貼りついているから、志保姉ちゃんのスタイルが浮き出ている。特にオッパイが……）

髪を拭く幼馴染みに目をやった輝樹は、思わずその身体に目を奪われていた。

外では、驚きのあまり気にならなかったが、改めて見ると志保のバストはやはりかなりの大きさである。しかも、濡れているためブラウスが透けて、ふくらみを包む黒い下着がうっすらと見えているのだ。

「ねえ、ハンガーを貸してくれない？　カーディガンもビショビショだったから、乾かしたいの」

こちらの動揺に気付いた様子もなく、志保がそう口にする。

「あっ。う、うん……」

我に返った輝樹が急いでハンガーを用意すると、彼女はカーディガンの形を整えて食卓の椅子にかけた。

「そ、それにしても、志保姉ちゃん、どうして実家に頼れないの？」

胸の高鳴りを堪《こら》えながら、輝樹が改めて疑問をぶつけると、肩にバスタオルをかけた五歳上の幼馴染みが表情を曇らせた。

「……実はね、わたし、夫とあんまり上手《うま》くいってないのよ」

（まぁ、それは歓迎会のときの愚痴を聞いても、なんとなく想像がついたけど）

と、輝樹は内心で頷《うなず》いていた。

志保の夫は、毎日帰りが遅いだけでなく、ほぼ毎週末ごとに接待ゴルフに出かけているらしい。もちろん、本当に接待という理由もあるのだろうが、妻と顔を合わせる時間を減らそうとしているのは間違いあるまい。

加えて、鍵をなくしたと電話で泣きつかれたのに、「忙しいから」と突き放した態度から考えても、夫のほうにも彼女への愛情がほぼない、と容易に想像がつく。

「でも、両親には『夫婦仲はいい』って嘘をついているの」

「えっ？　なんで？」

「わたしの夫、お父さんの会社が取引している会社の御曹司なのよね」

「それって、政略結婚みたいな感じ？」

「ん～……そういう面もあったとは思うけど、あのときは夫もわたしもフリーだったし、両方の親が子供の結婚の心配をしていたの。それにわたし、就職はしたけど仕事が好きになれなくて……だから、お見合いしてそのまま結婚まで話が進んだわけよ。ただ、そんな事情もあって、両親には本当のことを言えずにいるの」

輝樹の疑問に、幼馴染み人妻が悲しそうな表情をして答える。

なるほど、親同士が取引相手でよく見知っていて、しかもお見合いの都合までつけてもらったとなれば、「夫婦仲が悪い」と言いにくいのも納得がいく。だが、ここで実家に頼れば、さすがに不仲なことを話さざるを得なくなる。

それを避けたかったため、こうして輝樹の家に来たらしい。

「本当に、輝くんがこっちに戻ってきてくれていて助かったわ。そうじゃなかったらわたし、今頃どうなっていたか……」

と言って、志保が身体をブルッと震わせる。

ただ、そんな態度すらもやけに色っぽく見えて、輝樹は彼女から目をそらした。このまま五歳上の幼馴染みを見ていたら、妙な気分になってしまいそうだ。

「と、とにかく、もうすぐ風呂にお湯が入るから、そしたら身体を温めて。濡れた服は乾かすとして、着替えは……どうしよう？」

自身の胸の高鳴りを堪えながら、輝樹はそう口にしていた。

服は母のものを貸すか、最悪、自分のTシャツかワイシャツを貸せば済むだろう。だが下着は、特にブラジャーはどうにもしようがない。かと言って、巨乳の幼馴染みがノーブラにシャツを着た状態で身近にいたら……。

そんなことを思いながら、チラリと志保のほうに目を向けたとき、輝樹は思わず息を呑んでいた。

（し、志保姉ちゃんのオッパイが……）

いつの間にか、彼女は肩にかけていたバスタオルを取り去り、ブラウスの第二ボタンまで外して胸元を露出させていたのである。バストが大きいため、第二ボタンを外すと胸の谷間や下着の一部がじかに見えてしまう。

もしかしたら、濡れた服が肌にまとわりついて気持ち悪いのかもしれない。だが、いくら幼馴染みとはいえ、男の前でいささか無防備が過ぎる気がしてならなかった。

このまま見ていたら、むしゃぶりつきたい衝動を我慢できなくなってしまいそうだ。もっとも、二人きりであっても実際に行動を起こす度胸など持ち合わせていないのだが。それができるなら、ここまで恋人がいないこともなかっただろう。

「ふふっ。輝くん、どこを見ているのかしら？」

ついつい開いた胸元に目を奪われていると、志保のそんな声がした。

視線を上げると、五歳上の幼馴染みがからかうような笑みを浮かべてこちらを見ていた。どうやら、視線に気付いていたらしい。

「あっ、えっと……ご、ごめんなさい」

ばつの悪さを感じて、輝樹は慌てて彼女から目をそらした。

「あら、別に見てもいいのに。うふっ、再会したときからなんとなく思っていたんだけど、やっぱり輝くんは女性経験がまったくないみたいね？」

その志保の言葉に、輝樹は俯《うつむ》いたまま答えることができなかった。

実際、輝樹は目の前の幼馴染みに振られてから、恋愛にすっかり臆病《おくびょう》になってしまった。おかげで、今に至るまで男女交際の経験はまったくない。また、一人暮らしをしているときは風俗店に行く経済的な余裕などなかったため、今日まで正真正銘の童貞で過ごしてきたのである。

もちろん、女性への興味がなかったわけではなかったので、アイドルの写真やアダルト動画などをオカズに自慰はよくしていたのだが。

ただ、こうして初恋の相手から童貞であることまで見抜かれると、なんとも気恥ずかしく、また情けなく思えてならない。

(それにしても、あの志保姉ちゃんが、ブラジャーが見えているのに恥ずかしがらないどころか、「見てもいいのに」って言うなんて……これが、結婚した人の余裕ってやつなのかな？)

記憶にある志保は、優しかったがとても生真面目だった。何しろ、小学校低学年だった輝樹がふざけてスカートめくりを試みたところ、本気で怒ってしばらく口を利いてくれず、土下座で懸命に謝罪してようやく許してもらったほどである。あれ以来、彼女を怒らせるようなハレンチな真似は絶対にしない、と心に誓ったものだ。

そんな五歳上の幼馴染みが、今は下着を一部とはいえ見せているのに、動揺するどころか逆にこちらを誘うようなセリフを口にしたのである。基本的なイメージが十年前の彼女で止まっていると、なんとも信じられない気がしてならなかった。

もっとも、結婚しているということは、当然セックスの経験はあるはずだ。それによって、羞恥心《しゅうちしん》のハードルが昔よりも下がったのだろうか？

輝樹が、ドギマギしながらもそんなことを思っていると、不意に背後からふくらみが押しつけられた。いつの間にか、志保が後ろに回り込んで抱きついてきたのである。服が濡れているため、ワイシャツ越しに冷たさも感じられる。だが、同時にブラジャー越しにもふくよかな感触が伝わってきた。

「し、志保姉ちゃん!?」

「輝くん、十年でわたしより背が大きくなって……ふふっ、すごくドキドキしている。それに……」

と言う言葉と共に、今度はズボンの上から股間にこそばゆい感覚が発生した。

目を向けると、志保の手がそこをまさぐっていた。

「輝くんのここ、もうすっかり大きくなって……わたしの胸を見て、こんなに興奮していたのね？」

五歳上の幼馴染みが、耳元で囁くように言う。

事実、彼女の透けブラを目にしたときから、輝樹の股間には血液が集まっていた。それに加えて、胸元をはだけてブラジャーの一部を見せつけられたため、勃起《ぼっき》を我慢できなくなっていたのである。

ただ、そんなことを素直に口にはできず、輝樹は顔が熱くなるのを感じながら沈黙するしかなかった。自分の顔を確認はできないが、おそらく耳まで真っ赤になっているのだろう。

「こんなになっていたら、我慢するのも辛いわよね？　ねえ、輝くん？　わたしのこと、まだ少しは好きかしら？」

「そ、それは……うん」

彼女の問いかけに、輝樹はそう応じて小さく頷いていた。

もちろん、十年前に失恋しているし、もう人妻になっているので、気持ちとしては完全に諦めている。また、今は兄嫁への思いのほうが強くなっているのも、紛《まぎ》れもない事実だ。

しかし、初恋の相手への気持ちがまるっきり失われたわけではなかった。もし本当に諦めがついていれば、恋愛に奥手になった状態をここまで引きずらなかっただろう。

「そう……だったら、わたしで初めてのセックス、してみる？」

「なっ……志保姉ちゃん、何を言って……？」

彼女の言葉に、輝樹は驚きの声をあげていた。

これまでの流れで、ある程度の予想はできていたものの、実際に「セックス」という単語が、かつて恋した女性の口から出てくると、当惑せずにはいられない。

「輝くん？　わたしは色々経験して、昔とは変わったの。ねぇ、どうする？」

こちらの戸惑いを知ってか知らずか、志保が艶《つや》のある声で問いかけてくる。

だが、輝樹はまだ混乱から抜け出せず、答えることができなかった。

(し、志保姉ちゃんとセックス……そりゃあ、できるんならしたいけど、本当にいいのかな？)

何しろ、これは立派な浮気の誘いである。正直、生真面目な年上の幼馴染みのほうから持ちかけてくるというのは、さすがに思いもよらない事態だった。

志保は、「昔と変わった」と言ったが、確かに十年前なら冗談でもこのようなことを口にはしなかっただろう。結婚したからなのか、あるいは別の理由があるのかは分からないものの、少なくとも彼女の貞操観念が昔と変わっているのは間違いないようだ。

しかし、こちらは女性に奥手になっている真性の童貞である。初恋の相手からの誘いとはいえ、「それじゃあ」とホイホイ乗ることはできない。

すると、業《ごう》を煮やしたのか、志保が前に回り込んできた。そして、ためらう素振りも見せずに顔を近づけると、輝樹が言葉を発するよりも早く唇を重ねる。

雨で冷えたせいか、やや冷たさは感じるものの、プックリとした唇の感触が自身の唇から伝わってきた。

また、これ以上ないくらい顔が密着しているため、鼻腔から懐かしい女性の匂いが流れ込んでくる。

（し、志保姉ちゃんの唇……匂い……そ、それにオッパイも押しつけられて……）

思考がパニック状態に陥《おちい》った輝樹は、唇を振りほどくことも忘れて、初恋の女性からもたらされた初めての感触に酔いしれていた。

2

「ふはあ。輝くんのチ×チン、すごく苦しそう。このままだと、挿《い》れた途端に射精しちゃいそうね？」

ひとしきりキスをしたあと、唇を離した志保が視線を下ろして、からかうように言った。

実際、既に充分な大きさになっていた輝樹の一物《いちもつ》は、ファーストキスの感触でさらに体積を増し、痛いくらいにふくれあがっていた。まだ濡れたズボンを穿《は》いたままなので、布地が皮膚にまとわりついて、勃起の形がいっそうはっきり浮き上がっている。

この状態だと、肉棒に直接刺激を受けなくても、あっさり暴発してしまいそうだ。

(そういえば、ここ何日かずっと忙しかったから、オナニーもしていなかったっけ)

精が溜まっていたところに、初めてのキスの感触を味わったのだから、このようになってしまうのも当然と言えるかもしれない。

「それじゃあ、まずはわたしが抜いてあげるわね？」

「へっ？　それって……？」

志保は、困惑の声をあげる輝樹を尻目に、足下にしゃがみ込んだ。そして、ためらう様子もなくズボンのベルトに手をかけて外し、さらにホックとボタンを外してファスナーを引き下ろす。

「あらあら。濡れているから、ズボンが肌にまとわりついて。下ろすから、自分で足を抜いてちょうだい」

そう言って、志保がスーツのズボンを一気に引きずり下ろした。

思考が停止状態の輝樹は、深く考えることもできないまま彼女の言葉に従って、ズボンから足を抜く。

すると、五歳上の幼馴染みはそれを畳んで傍《かたわ》らに置いた。

「じゃあ、次はパンツの番よ。傘のおかげで、こっちはほとんど濡れてないわね？」

と言うと、彼女はトランクスに手をかけて引き下ろした。

途端に、押さえつけられていた一物が勢いよく飛び出して天を向く。

「きゃっ。すごい勢い」

驚きの声をあげつつも、志保がトランクスを踵《かかと》まで下ろす。輝樹が、半ば無意識に足を動かすと、彼女はパンツもズボンの横に置いた。

「……はぁ、輝くんのチ×チン、とっても大きいわね？　小さい頃は、とっても可愛らしかったのに、こんなに成長していたなんて……」

改めてペニスを見つめた志保が、感慨深そうに言う。

これは、輝樹が小学校に上がる頃まで一緒に入浴していたからこそ出てくる感想だ、と言えるだろう。

ただ、ここで十五年以上前の話を持ち出されても、さすがに恥ずかしさは否《いな》めない。

「それにしても、これだけ大きなチ×チン、見たことないわ。こんなに立派なモノがあるのに、今まで恋人がいなかったなんて勿体《もったい》ないわねぇ」

五歳上の幼馴染みが、そんなことを口にする。

もっとも、自分が女性に消極的になった原因を作った相手に言われると、いささか複雑な心境にならざるを得ないのだが。

「ふふっ、これは思っていたより楽しめそうかも」

と妖しい笑みを浮かべながら言うと、志保がためらう様子もなくペニスを手で包み込んだ。

「ふあっ！　し、志保姉ちゃん！」

予想外の快感がもたらされて、輝樹は天を仰《あお》いで上擦《うわず》った声を漏らしていた。

他人に、ましてやかつて恋した女性に初めて分身を握られたのである。その心地よさは、自分の手とは比べるべくもない。

「握っただけなのに、とってもいい反応。輝くん、本当にこういう経験がまったくないのね？　初々《ういうい》しくて、なんだか嬉しくなっちゃうわ」

そんなことを言ってから、志保が優しく手を動かし、一物をしごきだした。

「はうっ！　くっ……うあっ、こっ、これっ……ううっ……」

自分でするのとは桁違《けたちが》いの心地よさがもたらされて、輝樹はひたすら喘《あえ》ぐことしかできなかった。

もちろん、「手でしごく」という行為自体には慣れている。しかし他人に、いわんや初恋の女性にされていると、まるで別の行為のように思えてならない。

だが、志保の行動はそれだけにとどまらなかった。

彼女は、肉棒をしごきながら角度を調整し、先端に口を近づけていった。そして、舌を出して縦割れの唇を舐《な》めだす。

「レロ、レロ……」

途端に、鮮烈な性電気がペニスから脊髄《せきずい》を伝って脳天に流れ込んできて、輝樹は「はうっ！」と大声をあげてのけ反《ぞ》っていた。

あまりの快感に、危うく腰が砕けそうになったものの、それはどうにか踏ん張って堪える。

「んふっ。輝くん、頑張って耐えてね。レロ、レロ……ピチャ、ピチャ……」

と、志保が音を立てながらさらに先端を舐め回す。

(ふああっ！　こ、これっ、気持ちよすぎっ！)

輝樹は、心の中で焦《あせ》りの声をあげていた。

こういうことをされるのを想像はしていたが、さすがにここまでの快感がもたらされるというのは予想外である。こんなことを続けられていたら、あっという間に射精してしまいそうだ。

ところが、こちらの危機感を察したらしく、五歳上の人妻幼馴染みは亀頭からカリに舌の位置をズラした。

「レロロ……ンロ、ンロ……」

そうして、声を漏らしながら最も太い部分をネットリと舐め回し、それから竿を持ち上げて裏筋に舌を這わせだす。

「はあっ。くっ。そっ、それっ……あうっ！」

輝樹は彼女の舌使いにすっかり翻弄《ほんろう》されて、奉仕に合わせて喘ぐことしかできなくなっていた。

志保の動きにはまったく躊躇《ちゅうちょ》がなく、こちらの感じる部分を的確に刺激してくる。この行為にかなり慣れているのは、間違いあるまい。

「ピチャ、チロロ……あら、先っぽから先走り汁が。もう、出ちゃいそうなの？」

と、幼馴染み人妻が訊いてくる。

輝樹は、あまりの早さにいささか情けなさを覚えつつ、「う、うん」と正直に頷いていた。

誤魔化したかったが、カウパー氏腺液が溢《あふ》れ出てきている以上、見栄を張っても仕方があるまい。そもそも、キスの時点で充分すぎるくらい昂《たかぶ》っていたのだ。初フェラチオの刺激に、いつまでも耐えられるはずがない。

「まぁ、初めてなら早いのも当然よね。それに、これだけ元気なら何回か出しても大丈夫そうだし、まずは一回ザーメンを出しちゃおうか？」

そう言うと、志保が「あーん」と口を大きく開けた。

そして、輝樹が言葉を発するよりも先に肉棒を深々と咥《くわ》え込む。

「ふあっ！　そ、そんな、いきなり……」

分身が口内に包まれた感触に、輝樹は思わず素っ頓狂な声をあげていた。

自慰のときに想像していた行為だが、手とは異なるなんとも不思議な感触に包まれた心地よさは、思っていた以上のものがあった。これだけでも、射精してもおかしくない気がする。

「んっ……んぐ、んむ、んむむ……」

ペニスを根元近くまで咥え込んだ志保が、ゆっくりとストロークを始める。

「うああっ！　こ、これっ、よすぎっ！　くううっ！」

唇で分身をしごかれた途端、鮮烈な性電気が全身を貫《つらぬ》いて、輝樹はのけ反って甲高《かんだか》

い声をあげていた。

この行為も、さんざん夢想してきたものだが、実際にされた心地よさは想像の何倍

も上な気がしてならない。しかも、それをしてくれているのが、初恋の相手でもある

幼馴染みなのだ。

おかげで、射精感が一気に限界まで込み上げてきてしまう。

できることなら、もっとこの心地よさを味わっていたかった。しかし、さすがにこ

こまで昂っていると堪えようがない。

「ああっ！　もっ、もうっ……出る！」

そう口走るなり、輝樹は彼女の口の中にスペルマを発射していた。

「んんんっ！」

動きを止めた志保が、くぐもった声を漏らしながら目を大きく見開く。どうやら、精液の量に驚いているらしい。

だが、彼女はそれでも肉棒から口を離そうとしない。

そんな幼馴染みの姿を、輝樹は射精の心地よさに浸《ひた》りながら呆然と見ていた。

3

長い射精が終わると、志保がようやく一物から口を離した。そして、「んっ、んっ……」と声を漏らしながら、口内の精を飲みだす。

(うわぁ。本当に、精液を飲んでくれて……)

アダルト動画などでは見たことのある行為だが、実際に目にすると驚きを禁じ得なかった。ましてや、それをしているのが初恋の相手でもある幼馴染みなのだから、淫《みだ》らな夢でも見ているような気分になるのは当然だろう。

輝樹がそんなことを思っている間に、彼女は嫌な顔も見せずにスペルマを処理し終えた。

「ぷはあ……とっても濃いのが、すごくいっぱぁい。輝くんのチ×チン、大きいだけじゃなくて、ザーメンの量もすごい。わたしも、こんなの初めてよぉ」

志保が、陶酔した表情を浮かべて言う。

ただ、輝樹は先ほどからの彼女の言葉に、引っかかりを覚えていた。

「あ、あのさ……志保姉ちゃん？　もしかして、旦那さん以外の男とも、その、エッチしたことあるの？」

「ん？　ええ、そうね。実は、茂さんが結婚するって分かってから、なんだか真面目にしているのが馬鹿らしくなっちゃって。だから、大学の一年生と二年生のときは髪を染めて、合コンなんかは行けるだけ行ったし、けっこう色んな人と付き合ってエッチもいっぱいしたわ。まぁ、どれも長続きしなかったし、無理して遊んでいるのがだんだん苦痛になってきてね。ゼミや就活もあったから、三年生からは髪の色も黒に戻して遊びも控えめにしたけど」

輝樹の疑問に、五歳上の幼馴染みが遠い目をして答える。

どうやら、彼女は大学時代の前半に相当な男性経験を積んでいたらしい。

輝樹に茂への想いを告げたとき、志保は「自分が十八歳になるのを待っていた」と言っていた。当時、十三歳だった輝樹にはその言葉の意味がよく分からなかったが、あとになって淫行条例の存在を知り、どうして彼女が気持ちを抑えていたのを理解したのである。

もちろん、条例も純粋な恋愛関係にある相手との性行為まで否定しているわけではない。しかし、万が一にも条例違反に問われれば、年上の茂が責を負うことになる。

生真面目な志保は、そのことを気にしていたのだろう。

ところが、律儀《りちぎ》に自分が十八歳になるのを待っている間に、好きな男は他の女性と恋仲になって、婚約までしてしまったのである。

このようなことがあれば、今までの反動で不真面目になるのも分かる気がした。

また、ペニスを握ったりフェラチオをするとき、まったく躊躇する素振りを見せなかったのも、今の話を聞けば納得がいく。

「それより、輝くんのチ×チン、ちっとも小さくならないわね？　やっぱり、もう一回出したほうがいいかしら？」

話題を変えようとするかのように、志保がそう問いかけてきた。

どうやら、大学時代のことにはあまり触れていたくないらしい。

「それじゃあ、もっとして欲しいけど……その、志保姉ちゃんは、本当にいいの？」

輝樹は、遠慮がちに訊いていた。

いくら彼女と自分が幼馴染みとはいえ、しょせんは他人である。今現在、夫と不仲だとしても、他の男にそこまでして大丈夫なのか、と他人事ながら心配にならざるを得ない。

「もちろんよ。あっ、でもどうせなら……」

志保は特に気にする様子もなく、それどころか何やら思いついたらしく悪戯《いたずら》っぽい笑みを浮かべた。そして、残りのボタンを外してブラウスの前を完全にはだけると、それを脱ぎ捨てて黒いレースのブラジャー姿をさらす。

ブラウスを傍らに置くと、幼馴染み人妻は手を後ろに回してホックを外し、ブラジャーを取り去って大きな乳房を露《あら》わにした。

(うわっ。し、志保姉ちゃんの生オッパイ……)

輝樹は息を呑み、彼女のたわわなふくらみに見入っていた。

子供のとき、一緒に入浴したことのある仲だが、あのときはまだ志保も小学校高学年くらいだったため、胸もさほど大きくはなかった。このバストが成長しだしたのは、入浴を共にしなくなった頃からだった、と記憶している。

輝樹が五歳上の幼馴染みへの恋心を自覚したのも、彼女の成長していくふくらみへの好奇心がキッカケだったことは否めない。

そんな相手の乳房が今、目の前で露わになっているのだから、目を奪われてしまうのは当然と言えるだろう。

もちろん、女性のヌード自体は、雑誌やネット上の写真などで目にしてきた。だが、幼馴染みの生のふくらみを間近で見ると、さすがに紙上や画面とは桁違いの興奮が湧き上がってきてしまう。

そうして固まっている輝樹を尻目に、志保は胸をペニスに寄せてきた。

（えっ？　こ、これはまさか……）

と思っていると案の定、彼女が谷間で肉棒をスッポリと挟み込む。

分身をふくよかなもので包まれた感触に、輝樹は思わず「ほあっ!?」と間の抜けた声をあげていた。先ほどは握られたが、これは手とはまた異なる感覚である。

「んっ、んっ、はっ、ふっ……」

すぐに、五歳上の幼馴染みが声を漏らしながら手を交互に動かして、乳房で陰茎をしごきだした。

「はううっ！　あっ、こ、これっ……くうっ！」

ペニスの左右から、交互にもたらされた性電気の強さに、輝樹の口から自然に声がこぼれ出てしまう。

「んっ、ふっ、やっぱり、んんっ、いい反応。もっと、よくしてあげるぅ」

と言うと、志保はいったん手の動きを止めた。そうして、今度は膝のクッションを使って大きく身体を揺するように動かしだす。

もともと雨で濡れていたことに加え、唾液《だえき》と精液の混合液がいい案配の潤滑油《じゅんかつゆ》になっているらしく、その動きは実にスムーズだ。

「んっ、んふっ、んんっ、んっ……」

「くはあっ！　し、志保姉ちゃんっ、これっ……ううっ。よっ、よすぎてっ……はううっ！」

分身からもたらされる快感が一気に増大して、輝樹は我ながら情けない声をあげていた。

パイズリ自体は、動画や漫画で目にしてきたが、実際の行為は想像していた以上の快感をもたらしてくれる。

そのあまりの心地よさに、輝樹はいつしかすっかり酔いしれていた。

「んっ、んふっ、輝くんのチ×チン、んんっ、とってもっ、んはっ、たくましい。んふうっ、こんなことならぁ、んんっ、輝くんが成長するまでっ、ふあっ、待てばよかったかもぉ。んふっ、んんっ……」

身体を動かしてペニスに刺激を送り込みながら、志保がそんなことを口にする。

女性が二十八歳、男性が二十三歳というカップルは、それほど珍しくもないだろう。しかし、十年前は十八歳と十三歳である。年上のほうから見れば、十三歳などまだ子供にしか思えなかったはずだ。

加えて、赤ん坊の頃から知っていて十年以上も世話を焼いてきたのだから、当時の彼女にとって輝樹が恋愛の対象にならなかったのは、今にして思えば当然だという気がする。

しかし、約十年離ればなれになって、お互いに成人してから再会すると、やはり気持ちに変化が生じるようだ。ましてや、夫との仲が上手くいっていないのであれば、なおさらかもしれない。もっとも、それは単なる現実逃避という気もするが。

(でも、志保姉ちゃんに今、こうしてパイズリしてもらっている……それだけで、俺は嬉しくて……)

何しろ、失恋したとはいえ初恋の相手から情熱的な奉仕なのだ。この現実の前では、不倫の罪悪感など些末《さまつ》なことに思える。

「んっ、んっ、チ×チン、ここまで来るならぁ……んっ、レロ……」

と、志保が身体を動かしながら、一物の先端に舌を這わせだした。

「ふああっ！　それっ……くううっ！」

亀頭からもたらされた衝撃的な快感に、輝樹はのけ反って素っ頓狂な声をあげていた。フェラチオのときもへたり込みそうになったが、今度も心地よさのあまり腰が砕けそうになる。が、どうにか踏ん張って身体を支えた。

「これ、やっぱりいいんだ？」

いったん動きを止めて、志保が訊いてくる。

「う、うん。よすぎて、その……」

初めての強烈すぎる快楽を、どう言葉にしていいか分からず、輝樹は二の句を継げなかった。

それでも、こちらの気持ちは充分に伝わったらしく、幼馴染み人妻は優しい笑みを浮かべた。

「ふふっ、よかった。夫のチ×チンじゃ、パイズリフェラなんてやりたくてもできないのよ。それに、こんなことしたのはものすごく久しぶりだけど、前にした相手でも長さが足りなくてちょっと苦労したのよね。その点、輝くんのチ×チンは余裕でできるし、すごくやり甲斐があるわぁ」

そう言ってから、彼女はパイズリフェラを再開した。

「んっ、レロ、んんっ、チロ……」

（くおおっ！　オッパイでしごかれる感触と、先っぽを舐められる感触が同時に来るから……こ、これは耐えられない！）

輝樹は、二種類の性電気が一度に脳にもたらされる感覚をいなせず、ただただ快感に酔いしれていた。

その鮮烈すぎる刺激のせいで、早くも二度目の射精感が込み上げてきてしまう。

「レロロ……また、先走りがぁ。もう出そうなのね？」

動きを止めて、志保が訊いてくる。

しかし、なんとなく「早漏」と思われている気がして、輝樹は情けなさを感じつつ、昂りを誤魔化せずに「う、うん……」と頷くしかなかった。

「ふふっ、恥ずかしがらなくてもいいのよ。わたしのオッパイと口で、輝くんがそれだけ気持ちよくなってくれたってことなんだから。とっても嬉しいわ」

こちらの気持ちをいささか勘違いしているらしく、五歳上の幼馴染み人妻がそんなことを言う。

また、再度の射精を歓迎しているのは、今の言葉で伝わってくる気がする。

そんな思いが表情に出てしまったらしく、志保が輝樹の顔を見ながら笑みを浮かべてさらに口を開いた。

「じゃあ、今度は顔に出してちょうだぁい。んっ、んっ、レロ……」

と言って、彼女がパイズリフェラを再開する。

しかし、今度は胸を手で動かしながら、カウパー氏腺液を舐め尽くすかのように先端部に対して集中的に舌を這わせてくる。

「んっ、レロ……んはっ、チロロ……」

「くうっ！　し、志保姉ちゃん！　そんなにされたら……ううっ！」

輝樹は呻《うめ》き声をあげつつ、まだ戸惑いを禁じ得なかった。

求められたとはいえ、かつて恋した相手の顔にスペルマをかけるというのは、さすがに抵抗を感じずにはいられない。

しかし、彼女によってもたらされる快感を堪えることなど、童貞の若者には不可能なことだった。

「ああっ！　もうっ……出る！　くううっ！」

と口走るなり、輝樹は志保の顔面に出来たての白濁液《はくだくえき》を浴びせていた。

「はああん！　いっぱい出たぁぁ！」

悦《よろこ》びの声をあげつつ、幼馴染み人妻が白濁のシャワーを顔で受け止める。

その陶酔した表情からは、嫌悪や戸惑いの色はまったく感じられない。

（ああ……俺の精液が、志保姉ちゃんの顔を汚して……）

まるで、女神のように崇拝していたアイドルを汚したかの如き背徳感が、心の中に湧き上がってくる。だが同時に、輝樹は自身の興奮が二度の射精で萎《な》えるどころか、ますます高まっているのを感じていた。

4

射精が終わり、顔に浴びた精をあらかた拭《ぬぐ》うと、志保がスカートを脱いで黒いレースのショーツを露わにした。スカートまでびしょ濡れだったので、当然下着も濡れており、身体にピッタリとへばりついている。その様子が、なんとも扇情的に思えてならない。

彼女は、ためらう素振りも見せずにショーツを脱いで、素っ裸になった。

「んっ。子供の頃は、よく一緒にお風呂に入っていたけど、この歳になって輝くんの前で裸になるのって、さすがに少し変な気分だわ」

脱いだ服と下着を横に置きながら、志保がそんなことを言う。

一方の輝樹は、彼女の裸に呆然と見とれていた。

大きな胸はもちろん、くびれた腰、ふくよかなヒップ、そして昔よりも大幅に色気を増した美貌。そのすべてが、牡《おす》の興奮を煽《あお》ってやまない。

「さて、チ×チンに色々していて、わたしももう準備できているし、このましちゃってもいいわね。輝くん、そこに寝そべって。今日は、わたしに全部任せてちょうだいね」

輝樹は、あれこれ考える間もなく、その幼馴染みの言葉に従って床に寝そべった。

すると、志保がすぐ腰の上にまたがってきた。そして、唾液と精液にまみれた一物を握って、自分の秘部にあてがう。

なるほど、彼女の秘裂は既に蜜をタップリと湛《たた》えており、フェラチオやパイズリでかなり興奮していたことが分かる。

「んあっ。輝くんのチ×チン、二回出したのにまだすごく硬い……それじゃあ、挿れるわねぇ」

そう言って、彼女はゆっくりと腰を沈めだした。

「んんんっ！　入ってきたぁ！」

挿入と同時に、志保が悦びの声をあげる。

（くうっ。チ×ポが生温かいものに包まれていって……）

先端から生々しい膣肉に呑み込まれていく感触に、輝樹は心の中で呻き声をあげていた。

自慰のとき、エロ漫画やアダルト動画などを見つつ、女性器の感触を想像はしてきた。しかし、実際の膣の生々しさや膣肉に分身が包まれていく心地よさは、想像の遥か上を行っている。二度出したおかげで耐えられるが、そうでなかったらこの瞬間に呆気なく暴発していただろう。

「んくうっ……んはあああぁぁぁぁぁぁぁ!!」

腰を沈めきるなり、志保がおとがいを反らして甲高い声をあげ、身体を小刻みに震わせた。

そして、間もなく彼女は前のめりになって輝樹の腹に手をついて上体を支えた。

「んはあ……はぁ、はぁ……イッちゃったぁ。久しぶりのセックスだから、輝くんのチ×チンを挿れただけで簡単にイッちゃったよぉ」

陶酔した表情で、幼馴染み人妻がそんなことを口にする。

「久しぶり？」

「うん。ほら、夫と仲がよくないって言ったでしょ？　それに、子供がなかなかできなかったこともあって、実はもう二年近くしてなかったの。一応、オナニーはしていたけど、どうしても欲求不満になっちゃって。だけど、出会い系みたいなのを利用する気にもならなくてね」

輝樹の疑問に、彼女がいささか決まりが悪そうに応じた。

どうやら、志保がセックスを求めてきたのは、自身のフラストレーションが限界まで高まっていたのも、理由としてあったらしい。

先ほどの話から察するに、大学以降は男に不自由していなかったのだろう。しかし、夫とセックスレスになったために肉体が牡を求めて疼《うず》いていた、ということであれば、彼女の行動にも説明がつく。

それでも、ここまで浮気に走らなかったのは、生来の真面目さ故だろうか？

一方で、輝樹と今こうしているのは、赤ん坊の頃から知っていて告白してきたこともある男だ、というのが大きいのかもしれない。

「それにしても、あの輝くんと一つになっているなんて、不思議な感じだわぁ。ねえ、童貞じゃなくなった感想は？」

「えっ？　そ、その……嬉しいけど……」

急に志保から問われたものの、それ以上は言葉にならなかった。

こちらにしても、まさかこんな形で初恋相手の幼馴染みと関係を持てて、しかも童貞喪失の相手になってもらえるとは、思いもよらなかったことだ。ましてや、一度は振られているだけに、まだ夢でも見ているような気がしてならない。

（それに、初めてのオマ×コの感触……なんて、気持ちいいんだろう）

とにかく、ペニス全体を包む肉壁が蠢《うごめ》き、ジッとしていても快感をもたらしてくれるのだ。その感覚は、手はもちろん口ともまったく違って、心地よさと同時に言葉にならない感動が胸の奥から湧き上がってくる。

しかし、いくら夫とセックスレスになっているとはいえ、彼女は既婚者である。そんな相手と実際に繋《つな》がっていることに、どうしても戸惑いを禁じ得ない、というのも正直な気持ちだった。

「ふふっ。まぁ、いいわ。輝くんは初めてなんだし、今は気持ちよくなることだけ考えて。それじゃあ、動くわね？」

そう言って、志保が腹に手を置いたまま、腰を小さく上下に動かし始める。

下が床なので、こちらとしては彼女の言葉に従って、ただされるがままになるしかない。

「うわっ。くっ。ああっ……」

志保の動きに合わせて、輝樹は自然に声を漏らしていた。

何しろ、ただでさえ絡みつくような感触が心地よかったのに、そこに上下動が加わったため、鮮烈な快感が生じるのだ。

（こ、これが本当のセックスなのか……）

自慰のとき、さんざん妄想してきた行為だが、実際に経験したそれは思い描いていた以上の心地よさをもたらしてくれた。この快楽を知ったら、自分の手では満足できなくなってしまいそうな気がしてならない。

ましてや、その相手が初恋の女性なのだから、感慨と興奮もひとしおだ。

「輝くんのっ、あんっ、初々しいっ、ふあっ、反応っ、はうっ、嬉しい！　ああっ、このチ×チンッ、はんっ、奥にっ、んはっ、来るのぉ！　ああっ、はあっ……！」

志保が歓喜の声をあげながら、腹から手を離して上体を起こし、少しずつ腰の動きを早く大きくしていく。

どうやら、彼女もかなりの快感を得ているらしい。

「んあっ、すごっ、あんっ！　こうするとっ、はあっ、子宮っ、あんっ、突き上げられてぇ！　はうっ、こんなっ、ふあっ、初めてぇ！　あっ、あんっ、あんっ……！」

喘ぎ声をこぼしながら、幼馴染み人妻がさらに動きを大きくした。

すると、豊満なバストがタプタプと音を立てて揺れる。その光景が、なんとも煽情的に見えてならない。

「ああっ、チ×チンッ、中でっ、はあっ、ビクンってぇ！　ああっ、いいのぉ？　んはっ、輝くんもっ、はううっ、気持ちよくなってるのぉ!?」

「き、気持ちよすぎて……なんだか、おかしくなりそうだよ、志保姉ちゃん」

志保からの問いかけに、輝樹はなんとかそう応じていた。

これほどの快感を、自慰で得ることは不可能と言っていい。この心地よさを知ったら、孤独な指戯で過ごす日々には本気で戻れなくなりそうだ。

「ねえっ、ああっ、手をっ、あんっ、両手をっ、ふあっ、こっちにぃ！」

そう求められて、輝樹は半ば無意識に手を彼女のほうに伸ばした。

すると、彼女が両手の手の平を合わせ、指を絡めてきた。そのため、いわゆる恋人繋ぎに近い状態になる。

志保は、そのまま腰の動きをいちだんと大きくした。

「んあっ、ああーっ！　こんなっ、はうっ！　あんっ、いいのっ、ふああっ、これぇ！　ああっ、すごいのぉ！　あっ、ああっ、はうっ、あんっ……！」

手を繋いだまま、五歳上の幼馴染みが抽送《ちゅうそう》を続けながら、甲高い声で喘ぐ。

（ああ……俺、夢を見ているのかな？　あの志保姉ちゃんと、こんなことを……）

輝樹は、分身からもたらされる心地よさに浸りながらも、まだこれが現実とは信じ切れずにいた。

何しろ、かつて振られた初恋の女性と、十年経ってから一つになり、彼女の淫靡《いんび》な姿と喘ぎ声を見聞きしているのだ。

性に目覚め、「セックス」という行為を知ってから何度となく夢想し、しかし完全に諦めていたことが今、現実に起きている。しかも、自身の童貞を捧げるというおまけ付きだ。

ペニスや手の平から彼女のぬくもりを感じ、今までに経験がないくらい気持ちよくなっていても、まだ夢を見ているような気がするのは、仕方のないことではないだろうか？　だが、これは紛れもない現実だ。

そして、膣肉で分身をしごかれる初めての快感を味わっていては、いくら我慢したくても射精感がすぐに込み上げてきてしまう。

「ううっ、志保姉ちゃん！　僕、また……」

「はううっ、うんっ、あんっ、わたしもっ、んあっ、またイキそう！　んはっ、大きいのっ、あんっ、来そうなのぉ！　はああっ、一緒っ、ああんっ、一緒にっ、はううっ、イキましょうっ！」

こちらの訴えに対し、幼馴染み人妻が腰を動かしながら、そんなことを口走る。

「だ、だけど、このままじゃ……」

と、輝樹は戸惑いを口にしていた。

さすがに、どれだけ興奮していても中出しのリスクには思いが至る。ましてや、彼女は人妻なのだ。

「あんっ、いいのっ！　んはっ、このままっ、ああっ、輝くんのっ、ふあっ、熱いザーメンをっ、はうっ、中にっ、ああっ、注いでぇ！」

そう言って、志保が腰の動きを小刻みなものに切り替える。

どうやら、彼女のほうは夫のことなど、もはや気にもしていないようだ。

（いや、それでもさすがに中出しは……）

とは思ったものの、騎乗位で、しかも両手を恋人繋ぎでしっかり摑《つか》まれていては、こちらからはどうにもしようがない。

もしかしたら、幼馴染み人妻が手を繋ぐのを求めたのは、輝樹の動きを封じるためだったのかもしれない。

なおも不安はあったが、こうして抽送を続けられていては、どうしても我慢の限界がやって来てしまう。

「ああっ、もうっ……出る！」

と口走るなり、輝樹は彼女の膣内に出来たての精を注ぎ込んだ。

「はあっ、中に出て……んはあああぁぁぁぁぁぁぁ!!」

射精と同時に、志保も動きを止め、おとがいを反らして絶頂の声をあげる。

（ああっ……志保姉ちゃんの中に……た、魂ごと吸い込まれていくみたいだ）

三度目とは思えない、激しい精の放出に、輝樹はそんなことを思っていた。立て続けにオナニーをしても、三度目でこれほど出た記憶はない。それだけに、目の前が暗くなり、精液と一緒に魂まで抜かれていくような感覚に襲われてしまう。

やがて、射精が終わると、志保が手を離してグッタリと倒れ込んできた。

「ふあぁ……こんなに気持ちよくなったセックス、初めてぇ。輝くんとわたしって、実は身体の相性がよかったのかしらぁ」

呟くように、五歳上の幼馴染みがそんなことを口にしたのを、輝樹は夢心地で聞いていた。

第二章　純情お姉ちゃんの処女

1

「輝樹くん、ボーッとしてどうしたのぉ？　体調でも悪いのかしらぁ？」

「えっ？　あ、いや、別に……」

土曜日、キッチンで手を動かしている兄嫁から心配そうに訊かれて、ソファに座っていた輝樹は我に返って言葉を濁していた。

今日、輝樹が休日なのは分かっていたはずだが、ゆかりは「輝樹くん、お昼ご飯を適当にしていそうだから」と、わざわざ昼食を作りに来てくれたのである。

何しろ、まだ仕事に慣れきっておらず、休みの日は動く気力もなくなるので、彼女のこういう気遣いは本当にありがたい。

ただ、自宅にいるとどうしても数日前の志保との初体験のことが思い出されてしまう。ましてや、このリビングで淫らな行為に及んだのである。まったく意識するな、と言うほうが無理だろう。

もちろん、綺麗《きれい》に掃除をしたのでセックスの痕跡は残っていない。だが、こうしてリビングにいるだけでまだ性臭が残っているような気がして、ゆかりに気付かれてしまうのではないか、という不安が拭いきれなかった。

もっとも、彼女が気付いた様子はまるっきりないのだが。むしろ、輝樹が落ち着かない様子なことに違和感を抱いているらしい。

「本当に大丈夫ぅ？　少しでも調子が悪いようなら、ちゃんと言っててちょうだぁい」

「う、うん。心配してくれてありがとう、義姉《ねえ》さん」

そう応じながら、輝樹は胸の高鳴りを抑えられずにいた。

生の女体の感触を知ったせいか、どうしても爆乳の兄嫁を前よりも強く意識せずにはいられないのである。

(志保姉ちゃんより大きな、義姉さんのオッパイ……揉《も》んでみたい。大きなオッパイで、チ×ポを挟んでもらいたい。それに、義姉さんのオマ×コに……)

ゆかりを見ていると、ついついそんな欲望が込み上げてきてしまう。

しかし、彼女に手を出せば、茂や両親にも当然そのことは伝わるだろう。

兄とは十歳の年齢差があるため、ジェネレーションギャップこそ感じるものの、関係自体はいい。もちろん、ここ何年か会う機会がめっきり減っているが。

また、両親ともなんの問題も抱えておらず、盆暮れ正月などに家族で集まれば、和気藹々《あいあい》と過ごしている。

こうした良好な家族関係を、一時の欲望で壊すのは輝樹としても本意ではなかった。

とはいえ、セックスを経験したせいで、優しい兄嫁の豊満な肉体への好奇心が、以前にも増して強まっているのも事実である。

輝樹は、そんな欲望と理性の板挟みに遭《あ》っていた。

（はぁ。志保姉ちゃんとエッチしてから、義姉さんだけじゃなく麻里姉ちゃんのことも、ついつい意識しちゃっているし……前とまったく同じ気持ち、ってのはやっぱり無理だよなぁ）

ゆかりとは週末しか会わないが、麻里奈とは逆に平日、会社で毎日顔を合わせている。志保との初体験の翌日は、二歳上の幼馴染みの顔をまともに見ることができず、かなり不審がられたものだ。

昨日あたりからは、ようやくまともに話ができる程度の冷静さは戻ってきた。が、どうしても彼女の胸のふくらみやくびれた腰などが気になって仕事に集中しきれず、ケアレスミスを連発して何度も怒られている。

もっとも、童貞を喪失して間もない男が、身近な他の美女にも欲望を抱いてしまうのは、むしろ当然という気はするのだが。

（とはいえ、ずっとこのままってわけにもいかないだろうし……早く気持ちを切り替えないとな）

何しろ、夫との仲が上手くいっていないとはいえ志保は人妻なのだ。したがって、「あの夜のことは夢だ」と割り切るのが最善策だろう、と輝樹も思っていた。

しかし、一度覚えてしまったセックスの快楽を、果たしてキッパリ諦めて忘れられるのか？　その点に、輝樹は大きな不安を抱かずにはいられなかった。

2

火曜日の午後、輝樹は一人で外回りに出かけていた。

最初は、麻里奈も「一緒に行く」と言っていたが、彼女は急遽《きゅうきょ》、女性派遣スタッフからの相談を受けることになったのだ。

フューチャーロードU市支社は人員がそれほど多くないため、一人の社員が複数の業務をこなさなくてはならない。派遣スタッフからの相談も、その一つである。

そのため、輝樹は初めて単独での外回りに出ることになったのである。もっとも、麻里奈のことを過剰に意識している今は、距離を取れるのがむしろありがたかったのだが。

ただ、問題は輝樹がペーパードライバーで社用車を運転できない、という点だった。近場の主要な取引先には、既に挨拶を済ませているし、徒歩で回れる範囲で新規顧客をそう簡単に開拓できるはずもない。つまり、成果を出すのは困難なのだ。

もちろん、支社長が新人単独での外回りを許したのは、そういう苦労も経験しておくべきだと判断したからなのだろう。

「ふぅ。さすがに疲れたなぁ。やっぱり、営業は甘くないや」

会社を出てから二時間ほど経ち、輝樹はなんの成果もないまま一休みしようと思い立った。そして、缶コーヒーを購入するため自動販売機の前で立ち止まり、どれを飲もうかと迷っていたとき。

「あら？　輝くん？」

と志保の声が横から聞こえて、輝樹は反射的にそちらに目を向けた。

すると案の定、ワンピースにカーディガンを羽織った五歳上の幼馴染みが、そこに立っていた。

彼女の姿を見た途端、輝樹の心臓が大きく飛び跳ね、それからドキドキと早鐘を撞《つ》くように高鳴りだす。

「し、志保姉ちゃん？　なんで、こんなところに？」

「なんでって、わたしの家、この近くだもの。輝くんこそ、スーツ姿でどうしたの？」

「あっ……えっと、僕は、その、外回りで……き、休憩で、あの、コーヒーを飲もうかと……」

志保が平然とした様子なのに対し、こちらはどうしても動揺を抑えられず、言葉がしどろもどろになってしまう。

「そうなんだ。ふふっ。もう、輝くんったら、そんなに緊張しちゃって」

幼馴染み人妻が、からかうように言う。

「そ、そりゃあ……」

そう応じかけて、輝樹は言葉を濁していた。

何しろ、志保にとっては「久しぶりのセックス」に過ぎなかったのだろうが、こちらにとっては初体験だったのである。ましてや、彼女は初恋の相手なのだ。

ただでさえ、顔を合わせにくいと思っていたところで、このように偶然バッタリ出会うとは予想もしていなかった。そのため、不意打ちを食らった感じで、どうしても胸の高鳴りが抑えきれない。

とはいえ、そう素直に言うのも、なんとなく情けない気がする。

すると、五歳上の幼馴染みが意味深な笑みを口元に浮かべて口を開いた。

「ねえ？　コーヒーならウチで飲んでいかない？　そうしたら、お金を節約できるでしょう？」

「えっ？　いや、でもそれはマズイんじゃ……？」

彼女の提案に、輝樹は気後《きおく》れを感じずにはいられなかった。

志保が夫と上手くいっていないと言っても、夫婦の住まいに行くのはさすがに問題があるのではないか？　もしも、近所の人に見られたら噂になって、彼の耳に入ってしまうのではないか？

「大丈夫よ。ウチのマンションって近所付き合いがドライだし、両隣は共働きでこの時間にはいないから。それとも、輝くんはもうわたしとはお話もしたくないとか？」

「そ、そういうわけじゃ……」

「だったら、いいでしょ？　さっ、行きましょう」

不安を抱いている輝樹に対し、志保がそう言って子供の頃のように自然に手を取る。

しかし、そうされただけで輝樹の心臓の鼓動は、いちだんと大きく高鳴った。

この手が自分のペニスを握り、騎乗位のときには恋人繋ぎをしていた、と思うと、それだけで勃起しそうになってしまう。

とはいえ、強く拒んで手を振り払うこともできず、輝樹は結局、彼女について行くしかなかった。

「そ、そういえば、鍵はどうしたの？」

「あのあと帰ったら、夫が帰宅していて、鍵をなくしたことをメチャクチャ怒られたわ。もっとも、落としたのが側溝で誰かに拾われる心配もないし、あの雨だったからきっとどこかに流れちゃったでしょうね。それに、家に合鍵がもう一本あったおかげで、キーシリンダーとかは交換しないで済んだのよ」

歩きながら質問すると、志保が肩をすくめてそう応じた。

どうやら、彼女の夫が怒ったのは「鍵をなくしたこと」だけで、「帰宅がほぼ午前様になったこと」には言及がなかったらしい。もっとも、志保が五歳下の青年に気を使って言わなかっただけ、という可能性もあるが、それをこちらから問いただすのは気が引ける。

結局、それ以上は何も訊けず、また彼女のほうも言葉を発さなかったため、無言のままひたすら歩き続けることになった。

そうして、数分歩いたところで五階建てのマンションに到着して、志保はエレベーターで輝樹を最上階の五〇二号室へと案内した。

このマンションはどの部屋も3ＬＤＫで、全室がほぼ似たり寄ったりの構造になっているらしい。そのため、住人の家族構成も子供が一人ないし二人いるのが大半で、夫婦だけで住んでいるのはやや珍しいようだ。

輝樹が靴を脱いでリビングに入ると、志保は玄関の鍵をかけてから、やや遅れてやって来た。

「さて、輝くん？　さっきは『コーヒーを飲んでいかない？』なんて言ったけど……本当は、分かっているわよねぇ？」

リビングに入るなり、志保が艶《なま》めかしい声で言う。こちらを見つめる彼女の目は既に濡れており、ほのかに赤らんだ頬からも、発情していることが伝わってくる。

もちろん、この五歳上の幼馴染みが何を求めているのかは、輝樹も充分すぎるくらい理解していた。

（正直、俺も志保姉ちゃんに誘われた時点で、それはちょっと期待していたし）

何しろ、あれから初セックスのことを、ずっと反芻《はんすう》していたのだ。その相手と再会して、しかも自宅に招かれて何も期待しないほうがおかしいだろう。

だが、だからと言って欲望に任せて彼女に飛びかかるほど、輝樹はまだ開き直れていなかった。

いや、志保が独身だったら、おそらくこの時点で我慢できなくなっていたに違いあるまい。しかし、今の彼女は人妻である。一度だけならば、「気の迷い」や「勢いでの過《あやま》ち」という言い訳も成り立つだろうが、二度目となればさすがに言い逃れのしようがなくなってしまう。

「あ、あの……志保姉ちゃん？　本当に、いいの？」

「ええ。本音を言うと、輝くんとのセックスの気持ちよさが忘れられなくて……あんなに気持ちよくなってイッたの、わたし初めてだったんだもの。あれからずっと、輝くんのことを考えていたのよ。だから、実はさっき姿を見かけてから子宮が疼いちゃってぇ」

つい疑問の声をあげた輝樹に対し、五歳上の幼馴染みがしなだれかかって甘えるように言う。すると、鼻腔に香水と女性の匂いがフワリと流れ込んできて、牡の劣情を煽り立てる。

「あ、あの、僕も……あれから、志保姉ちゃんとのエッチを忘れられなくて……」

「本当に？　嬉しいわ。だったら、お互いに相手を求めていたってことで問題はないわね？」

「いや、問題はあるでしょ？　だって、志保姉ちゃんは結婚していて……」

「秘密にしていたら大丈夫よ。どうせあの人は、もうわたしがどこで何をしていても、まったく興味がないんだから」

　と、志保が少し表情を曇らせながら言った。

（志保姉ちゃんと結婚したのに、そこまで興味をなくすなんて、旦那さんはいったいどれだけ贅沢なんだろう？）

　聞いた話では、なんでもこの幼馴染み人妻は大学時代に、街で芸能事務所の人間からモデルにスカウトされた経験もあるらしい。彼女の美貌とグラマラスボディであれば、それも不思議なことではないだろう。もっとも、芸能界に興味がなかったため、その話は頑《かたく》なに拒んだらしいが。

　それほどの美女と結婚したのだから、夫はもっと妻を大事にするべきではないのだろうか？　子供ができないのが、そこまで気に入らないのか？

そんなことを思うと、憤《いきどお》りに近い気持ちが湧き上がってくる。

何しろ、こちらは志保が初恋の相手なのだ。彼女の夫の態度は、まるで過去の自分の想いを否定されたような気がして、いっそう腹立たしく思えてならなかった。

そして、そう考えると罪悪感も面白いように消えてしまう。

「くうっ。志保姉ちゃん！」

とうとう我慢できなくなった輝樹は、五歳上の幼馴染みの身体を抱きしめた。そして、欲望のまま彼女に唇を重ねるのだった。

3

「あっ、あんっ、それぇ！　はうっ、輝くんっ、ああっ、いいわぁ！」

愛撫に合わせて、志保が艶めかしい悦びの声をあげる。

輝樹は今、上半身裸で赤いショーツだけを身につけた幼馴染み人妻をベッドに横たえ、その巨乳を揉んで感触を堪能していた。

（ああ、志保姉ちゃんの家の寝室で、こんなことを……）

そんな思いが、ふと脳裏をよぎる。

ただ、本来は夫婦が愛の営みに使っているはずの場所で人妻を抱いている、という背徳感が、輝樹になんとも言えない昂りをもたらしていた。

それに、就業時間内に女性とこんなことをしているのを会社に知られたら、さすがにただでは済むまい。

しかし、そんなスリルも今は奇妙な興奮に繋がっている。

(それにしても、これが志保姉ちゃんのオッパイ……すごく大きくて、柔らかくて、だけど弾力もあって……前のときは、手で触っていなかったんだよなぁ)

手全体に広がる乳房のふくよかな感触に、輝樹はすっかり酔いしれていた。

ペニスでは感じていたものだが、こうして手の平で堪能すると、その生々しさがひと味違うように感じられる。

何しろ、指に力を入れるとグニュッと形を変えて沈み込み、少し力を緩《ゆる》めると元の形に戻ろうと押し返してくるのだ。それが、なんとも面白く、また不思議な感覚に思えてならない。

「はあっ、あんっ、輝くんっ！　はうんっ、そろそろっ、ああっ、口でもっ、あんっ、オッパイッ、んああっ、弄《いじ》ってぇ！」

五歳上の幼馴染み人妻が、喘ぎながら新たな指示を出してくる。

（ゴクッ。く、口で……）

彼女の言葉に、愛撫の手を止めた輝樹は、思わず生唾《なまつば》を呑み込んでいた。

手を離すと、なるほど乳房の頂点にある突起が、既に屹立《きつりつ》している。

それを見ていると、本能的に口をつけたくなってしまう。

輝樹は、吸い寄せられるようにそこに顔を近づけ、そのまま乳首にしゃぶりついた。

そして、チュバチュバと音を立てて吸いながら、乳頭に舌を這わせる。

「はあんっ！　それぇ！　ああっ、いいのぉ！」

たちまち、志保が甲高い悦びの声をあげる。どうやら、敏感な部位への刺激で、よほど感じているらしい。

（志保姉ちゃんのオッパイに、本当にこんなことができる日が来るなんて……）

何しろ、一緒に入浴していた頃でさえ、彼女にこのようなことはしていないのだ。

幼少時にもしたことがない行為をしている、という事実に、今さらながら奇妙な感慨を抱かずにはいられない。

（だけど、とっても気持ちよさそうだし、もっとよくしてあげて、エッチな喘ぎ声をいっぱい聞きたい）

そんな思いが湧いてきて、輝樹は乳首を愛撫し続けながら、もう片方の乳房に添えたままにしていた手を動かしだした。

「はああんっ！　乳首っ、あんっ、オッパイッ、んあっ、いいのぉ！　はうっ、ああんっ……！」

五歳上の幼馴染みが、予想どおりにいっそう甘い声をこぼしだす。

それに興奮を覚えながら、輝樹はさらに愛撫を続けた。

「はあっ、ああっ、輝くぅん！　んあっ、そろそろっ、はうっ、下もぉ！　はうっ、お願ぁい！　あんっ、んはあっ……！」

しばらくして、志保が喘ぎながらそう求めてきた。

（あっ、そうだった。ついオッパイに熱中していたけど、愛撫は下もしないといけないんだっけ）

既に一度は目にし、しかも結合までしている部分とはいえ、手や口で実際に触れたことはまだない。そんな場所に触わると意識するだけで、自然に緊張感が湧き上がってくる。

それでも、輝樹は胸から手を離し、そのまま彼女の下半身に移動させた。そして、ショーツの上から股間に指を這わせる。

すると、五歳上の幼馴染みが「あんっ」と甘い声をあげた。

「うわっ。もうかなり濡れて……」

輝樹は、指から伝わってきた感触に、ついそんな感想を口にしていた。

実際、彼女のそこは予想していた以上に濡れており、こうして触れただけで蜜が指に絡みついてくる。

「うん。輝くんにオッパイを愛撫されていたら、とっても感じちゃってぇ。ねえ、パンツを脱がしちゃってちょうだい」

そう請《こ》われて、輝樹は「う、うん」と応じて、いったん身体を起こした。

赤いショーツに覆われた股間に改めて目をやると、またしても緊張を覚えずにはいられない。

また、既にセックスまでしているものの、相手が自ら脱いだのと、自分が脱がすのとでは興奮の質がまったく違うように思える。

そんなこちらの気持ちを知ってか知らずか、志保が腰を浮かせた。

その行動が何を意味しているかは、輝樹にも容易に理解できる。

「……じゃあ、脱がすね？」

と声をかけ、輝樹は思いきってショーツに手をかけた。そして、それを一気に引き下げて足から抜く。

そうして、一糸まとわぬ姿になった幼馴染みを見ると、下着姿のときとはまた違った魅力に満ちあふれているような気がして、いっそう昂ってきた。

「輝くんも、もう脱いじゃって」

そう言われて、輝樹は自分がまだズボンやシャツを着たままだったことを思い出した。そのため、いったんベッドから降りていそいそとワイシャツとTシャツを脱ぎ、さらにズボンとパンツも脱いで素っ裸になる。

すると、解放された分身が天を向いてそそり立った。

「あらあら。そのまま挿れたら、あっという間に出ちゃいそうね？」

と、志保がからかうように指摘《してき》してくる。

実際、物心ついてから初めての生乳房の手触りと、ふくらみを愛撫していた興奮で、輝樹は少し刺激されただけで射精しそうなくらい昂っていた。

「ご、ゴメン……」

「謝ることなんてないわ。わたしで、そんなに興奮してくれているんだから、むしろ嬉しいわよ」

「そ、そういうものなの？」

「うん。だけど、このまま続けたら……あっ、そうだ。わたしも、してあげる」

「えっ？　でも……」

幼馴染み人妻の提案に、輝樹は困惑の声をあげていた。

何しろ、こちらも愛撫の途中である。いくら彼女の秘部が濡れてきているといっても、中断するのはなんとなく気が引ける。

それに、逢瀬《おうせ》の時間も限られているのだ。あまりのんびりしていては、会社に戻るのも遅くなってしまう。

「大丈夫よ。お互いを愛撫し合いましょう。輝くん、ベッドに仰向《あおむ》けになって」

身体を起こした志保の指示に、輝樹は頭に「？」マークを浮かべつつ、言われたとおり入れ替わってベッドに寝そべった。

ここで、五歳上の幼馴染みがいつも夫と寝ている。そう思うと、それだけで嫉妬と共に昂りも増す気がする。

すると、志保が顔の上にまたがってきた。おかげで、女性の秘部が眼前に露わになり、輝樹の心臓が大きく飛び跳ねる。

まさか、こんな角度から幼馴染みの女性器を目の当《ま》たり《あ》にできる日が本当に来るとは、さすがに想像の埒外《らちがい》と言わざるを得ない。

そんな輝樹の興奮をよそに、彼女は上体を倒してペニスに顔を近づけた。

「わたしがチ×チンにしてあげるから、輝くんはオマ×コを愛撫してちょうだい」

(そ、それって、シックスナインか!?)

その体位自体は、知識としては知っていた。だが、頭からは綺麗に抜け落ちていたものである。確かに、これならば同時にお互いを高め合えるだろう。

(こういうことを、すぐに思いつくところが、やっぱり経験の差ってやつなのかな?)

そう考えると、いささか悔しいような、情けないような複雑な心境になる。

輝樹がそんな思いを抱いている間に、志保は竿を握って亀頭に口を近づけていた。

「やっぱり、輝くんのチ×チン、とってもたくましいわぁ。レロ、レロ……」

と、彼女がすぐに舌を這わせだす。

たちまち、分身から鮮烈な快感がもたらされて、輝樹は「くううっ！」と呻き声をあげていた。

既に経験している行為だが、女性の舌で作り出される心地よさは、やはり自分の手とはまったく別物に思えてならない。

しかも、今回は幼馴染み人妻の秘部を目の当たりにした状態なのである。

「ピチャ、ピチャ……輝くんも、早くわたしのオマ×コに、してよぉ」

いったん舌を離して、志保が文句を口にする。

そこで輝樹は、ようやくこの体位の意味を思い出した。

「あっ。ご、ゴメン」

そう応じて、急いで彼女の腰を摑んで口元に引き寄せる。そして、秘裂に舌を這わせた。既にフェラチオなどをされているからか、女性器に口をつけることに自分でも驚くくらい抵抗を感じない。

「レロロ……」

「んはあっ、輝くんの舌ぁ！　わたしもっ。あむっ。ング、ング……」

志保が悦びの声をあげてから、分身を咥え込んで顔を動かしだした。

おかげで、一物から新たな快感がもたらされて、舌の動きが乱れてしまう。

「んーっ！　んっ、んぐっ……んじゅぷっ、んんっ……！」

同時に、幼馴染み人妻のストロークのリズムも大きく乱れた。

だが、それによってペニスにイレギュラーな快感がもたらされる。

（くうっ。こ、これは刺激し合うことで、お互いに予想できない気持ちよさがあるのかも）

シックスナインがそういうものだ、という知識はあっても、このように想定外の心地よさが生じるというのは、実際に経験してみないとなかなか分からないだろう。

ただ、そのぶん早く射精を迎えそうではある。

(こうなったら、志保姉ちゃんを目一杯気持ちよくして、チ×ポにもっと刺激を与えてもらおう)

そう考えた輝樹は、一物からの心地よさを堪えながら、舌の動きを大きくした。

「ピチャ、ピチャ……レロロ……」

「んんんーっ！　んっ、んむっ、じゅぶるっ……んぐぐっ、んっ、んむっ、んじゅる……んんっ！　むっ、んむうっ……！」

股間からの刺激で、くぐもった声をあげた五歳上の幼馴染みの動きが、さらに乱れる。おそらく、愛撫で相当な快感を得ているのだろう。それでもペニスから口を離さないのは、さすが豊富な経験を積んできただけのことはある、と言うべきか？

(くはあっ。分かっていたけど、ますますチ×ポが気持ちよくなって……)

女性に快楽を与えると、それが自身の快感にも反映される。そのことが、互いに高め合っている悦びに繋がり、さらなる興奮を呼び起こす。

輝樹は、もっと志保を感じさせようと考えて、秘裂を割り開いて媚肉《びにく》を露出させた。

そして、シェルピンクの肉襞《にくひだ》に舌を這わせる。

「んんんんっ！　んじゅじゅぶっ！　んっ、んむううっ！　んっ、んぐっ……！」

案の定、彼女の動きがいっそう大きく乱れた。

それでも、うっかり肉棒に歯を立てたりしないのは、経験のなせる業と言えるかもしれない。

そうして、愛撫を続けながら一物からもたらされる心地よさに酔いしれていると、いよいよ射精感が込み上げてきた。

「ふはあっ！　輝くんっ、そろそろイキそうなのね？　わたしもっ、もうすぐだからぁ！　クリトリス、舐めてぇ！」

ペニスを口から出して、志保がそう訴えてきた。そして、再び一物を咥え込んでストロークを再開する。

そう言われて秘裂を見ると、小陰唇の上にプックリと存在感を増した肉豆があるのが目に入った。

輝樹は求められたとおり、そこに舌を這わせた。

「んんーっ！　んっ、んっ、んむううっ！　んんっ、じゅぶうっ！」

たちまち、志保の動きがいちだんと大きく乱れる。

だが、その刺激がこちらの我慢を限界まで一気に押し上げた。

（ううっ。もう出る！）

限界を感じた瞬間、輝樹は彼女の肉豆を舌で奥に押し込んでいた。

同時に、幼馴染み人妻の口内に、白濁液をぶちまける。

「んぐうっ！　んんんんんんっ!!」

射精に合わせて、志保がくぐもった声をあげて身体を強張らせる。そして、秘裂の奥からブシャッと透明な液が噴き出し、輝樹の口元を濡らす。

（こ、これって潮吹き？）

そういう現象の知識はあったが、さすがに目の当たりにしたのは初めてなので、吐精の心地よさに浸るのと共に、驚きも禁じ得なかった。

ただ、潮を吹いたということは、彼女も達してくれた証明にもなる。そう思うと、悦びも込み上げてくる。

そうして放出が終わると、志保がゆっくりと顔を引いて、一物を口から出した。

「んんっ。んぐ、んぐ……」

射精と潮を顔に浴びた余韻で、輝樹が呆然としている間に、上体を起こした彼女が声を漏《も》らしながら精を、喉の奥に流し込んでいく。

「んむ……ぷはあっ。やっぱり、濃いのがいっぱぁい。それにしても、シックスナインでも一緒にイケるなんて、輝くんとは身体の相性がいいのかも」

口の中のスペルマを処理し終えると、志保がそんなことを口にした。

しかし、輝樹はその言葉に何も返すことができなかった。

もちろん、彼女と一緒に達することができたのは嬉しいし、肉体の相性は確かにいいという気はしている。これで、この五歳上の幼馴染みが独身だったら、こちらも一も二もなく激しく同意していただろう。

だが、たとえ夫と不仲でも、今の彼女は人妻だ。いくら、既に深い仲になっているとはいっても、相性のよさを素直に認めることは、真面目な青年にはいささか難しいと言わざるを得ない。

すると、こちらの気持ちを察したのか、志保が顔の上からどきながら優しい目を向けてきた。

「ふふっ。輝くん、わたしの言うことは気にしないで。それより、準備はできたし、続きをしましょう。いったん起きてくれる？」

その指示で、輝樹は素直にベッドから起き上がる。

すると、幼馴染み人妻が入れ替わるように仰向けに横たわった。

「前はわたしからしたけど、今回は輝くんが自分で挿入してちょうだぁい」

そう言って、志保が脚をM字に開く。

(じ、自分で……)

確かに、初めてのときは彼女にすべて任せきりだった。

それは同時に、輝樹にとっては「経験者の志保にリードされて流されたから」という、浮気の逃げ口上にもなっていたのである。しかし、いくら誘われたとはいえ、自ら挿入したらもはや言い逃れは不可能だろう。

とはいえ、ひとたびセックスの快楽を知ってしまった以上、ここで怖《お》じ気付《けづ》いて何もしないという選択も考えられない。

(ええい！　黙っていたら大丈夫って、志保姉ちゃんも言っていたんだ。きっと、なるようになる！)

そう開き直った輝樹は、緊張を覚えながら彼女の脚の間に入った。そして、勃起を秘裂にあてがう。

「んあっ、これぇ。ねえ、早く輝くんのたくましいチ×チンをちょうだぁい」

志保が、とろけそうな甘い声で求めてくる。

その言葉に誘われるように、輝樹は分身を割れ目に押し込んだ。

「んはあっ！　チ×チン、来たぁぁぁ！」

幼馴染み人妻が悦びの声をあげて、一物を受け入れてくれる。

(うわぁ。チ×ポがオマ×コの中に、ズブズブって入り込んでいく!)

女性にされたのとは異なる感覚が湧いてきて、輝樹は胸が熱くなるのを抑えられなかった。

そうして、とうとう腰が彼女の股間にぶつかって、動きが止まった。

「んああ……輝くんの、中に全部入ってぇ。ねえ、動いてぇ。あっ、最初はわたしの腰を摑んで、小さくね。輝くん、自分で動くの初めてなんだから、大きく動こうなんて考えたら駄目よ」

と言うアドバイスを受けて、輝樹は言われるままに幼馴染み人妻の腰を摑んだ。そして、小さなピストン運動を開始する。

「んっ、あっ……んあっ、あんっ……」

たちまち、志保が甘い声をあげだす。

しかし、こちらの動きが我ながらぎこちないせいで、どことなくもどかしそうだ。

(くっ。これ、意外と難しいな)

輝樹は、初めての抽送に戸惑いを覚えていた。

幼馴染みから「大きく動こうと考えたら駄目」と言われて、こちらとしてはその言葉に従っているつもりではある。だが、アダルト動画の男優のようにリズミカルに腰を動かそうとしても、どうしても上手くいかない。

「んあっ、輝くんっ、あんっ、腰を引くことはっ、んんっ、考えないで。んあっ、奥を突くことにっ、あんっ、集中してっ。んあっ……」

さすがにもどかしくなったのか、それともぎこちなさを見かねたのか、志保が新たなアドバイスを口にする。

「わ、分かったよ、志保姉ちゃん」

本当にそれで大丈夫なのか、と思いつつも、輝樹は経験者の指示に従って腰の動きを切り替えた。

(突くだけ、突くだけ……あっ、なるほど。確かに、これでもちゃんとピストン運動になるな)

そんなことを思いながら抽送を続けていると、最初は我ながらぎこちなかったものの、すぐにコツが摑めてくる。

「あっ、あんっ！　んはっ、ああっ、いいっ！　あっ、ああんっ……！」

スムーズになったピストン運動に合わせて、五歳上の幼馴染みの喘ぎ声がリズミカルになり、声のトーンも跳ね上がった。どうやら彼女も、しっかりと快感を得ているらしい。

（ああ、動きに慣れてきたら、ますます志保姉ちゃんの中が気持ちよく……ううっ、我慢できなくなってきた！）

高まる欲望をいよいよ抑えられなくなって、輝樹は半ば本能的に抽送の勢いを強めていた。

「はああっ！　ああっ、あんっ、それぇ！　はううっ、あんっ、あんっ……！」

志保のほうも、言葉を発する余裕がなくなってきたのか、次第にひたすら喘ぐだけになる。

そうして、夢中になってピストン運動をして彼女の膣内を堪能していると、腰の中心に熱いものが込み上げてきた。

「くうっ。志保姉ちゃん、僕そろそろ……」

「あんっ、いいよぉ、んあっ、輝くんっ！　ああっ、またっ、はうっ、中にぃ！　はうっ、わたしのっ、あんっ、中にぃ！　んはあっ、熱いザーメンっ、ふあっ、いっぱいっ、あんっ、注ぎ込んでぇ！」

こちらの訴えに、志保が喘ぎながら応じる。

またしても中出しをすることに、もちろん戸惑いは抱いていた。だが、かつて憧れた相手からこのように求められては、拒むことなどできるはずがない。

（えぇい！　こうなったら、もうあれこれ考えても仕方がない！）

開き直った輝樹は、とどめとばかりに腰の動きを速めた。

「あっ、あっ、これっ、あんっ、奥ぅ！　ああっ、届いてっ、あんっ、いいっ！　はううっ、わたしもぉ！　ああっ、もうイク！　ああっ、イッちゃうぅぅ！　んはあああぁぁぁぁぁぁ!!」

志保が、たちまち身体を反らして強張らせながら、絶頂の声を張りあげる。

同時に膣肉が激しく収縮し、ペニスに決定的な刺激をもたらす。

「ううっ、出る！」

と口走るなり、輝樹は彼女の中に出来たての精を注ぎ込んでいた。

4

「輝樹、しっかりしてよ。取引先に来ているのに、なんだかボーッとしていたし、最近ちょっとたるんでるんじゃない？」

木曜日、社用車の運転席に座った二歳上の幼馴染みからの叱責が飛び、助手席の輝樹は思わず首をすくめていた。

今日、二人は社用車でU市の隣町のM市にある取引先の会社を訪れ、輝樹の紹介がてら次の仕事の交渉を行なった。そうして車に乗り込むなり、麻里奈からのお小言《こごと》が始まったのである。

ちなみに、車の中で二人きりになったからだろう、彼女は輝樹のことを会社内での「北条くん」ではなく、名を呼び捨てにしている。

「あっ、うん。麻里姉ちゃん、ゴメン」

輝樹のほうも、会社では「小田さん」と呼んでいるのだが、つい釣られて昔からの呼び方で謝っていた。

「まったく、いったいどうしちゃったのよ?」

「いや、その、ちょっと疲れているだけで、大したことじゃ……」

「大したことあるんじゃない? 何か心配事があるなら、相談に乗るからなんでも言ってよ。会社の同僚である前に、あたしはお姉ちゃんで幼馴染みなんだから」

「うっ……うん。ありがとう……」

麻里奈の言葉に礼を言いつつ、輝樹はまったく別のことを考えていた。

(実は、麻里姉ちゃんにも欲情してます、なんて本人に言えるわけがないじゃん!)

女性にされるだけでなく、能動的なセックスのよさを知ったことで、輝樹の女体への興味はますます高まっていた。その対象には、志保はもちろん兄嫁のゆかり、そして二歳上の幼馴染みである麻里奈のことも含《ふく》まれている。

何しろ、二人とも幼馴染み人妻とは異なる魅力を持った美女なのだ。

ちなみに、ゆかりは平日の昼間も毎日のように実家へ来ては、掃除や洗濯、さらに夕食と翌日の朝食の用意までしてくれていた。だが、実際に顔を合わせるのは休日の昼間くらいなので、まだ欲望を抑えられる。

しかし、麻里奈の場合は会社の同僚で指導係ということもあり、平日はどうしても一緒に行動することが多い。そのため、いったん意識してしまうと、気持ちをなかなか切り替えられなかった。

それに、十年前の彼女はボーイッシュな感じが強かったし、こちらも志保に惹かれていたためあまり気にしていなかったのだが、二十五歳にもなるととても魅力的に見えた。

もちろん、バストサイズは志保にも劣っている。だが、充分な大きさがあるので、シートベルトを締めるとふくらみがいちだんと強調されるのだ。

また、今は髪もショートボブにしているため、活動的な雰囲気は昔のままながらも、女性らしさが格段に増していた。

しかし、そのせいで二歳上の幼馴染みのことをますます意識してしまい、以前のように話せなくなったのである。

(麻里姉ちゃんって、今はフリーみたいだけど、高校とか大学時代に彼氏はいたのかな？　セックスの経験はあるのかな？　このオッパイは、どんな手触りなんだろう？)

麻里奈を間近で見ていると、ついついそんな思いが頭の中を巡って、仕事に集中できなくなってしまう。輝樹が集中力を欠いている原因は、それを叱責している本人にある、と言っても過言ではなかった。

もっとも、そんなことを相手に言えるはずがないのだが。

「それに、最近はやたらと一人で外回りに出たがるし、いったいどうしたのさ？　そんなに、あたしと一緒にいたくないわけ？」

「い、いや、そういうわけじゃないんだけど……」

麻里奈からジト目で睨まれて、輝樹は冷や汗をかきながらそう応じていた。

一人で外回りに出たいのは当然、志保と会いたいからである。

実は、マンションで関係を持ったあと、彼女から「またセックスしましょうね」と言われていたのだ。五歳上の幼馴染みは、もはや自分の欲望を我慢する気がすっかりなくなってしまったらしい。

もちろん、輝樹としてもかつて恋した女性からの要求は願ったり叶《かな》ったりで、不倫の後ろめたさなどどこかに吹き飛んでいた。

とはいえ、麻里奈と一緒ではそれは叶わないため、なんとか一人になりたいと思っていたのである。

しかし、ペーパードライバーの輝樹は車の運転が事実上できないので行動範囲が狭く、運転できる二歳上の幼馴染みと行動することが、どうしても多くなる。おかげで、あれから一度も志保と関係を持てずにいた。

今日も、県内第二位の人口を誇るM市にある取引先をいくつか回るため、麻里奈と行動を共にしているのだった。

「……はぁ。ま、別にいいんだけどね」

結局、彼女はこれ以上追及しても無駄だと思ったのか、ため息交じりにそう言ってから車を発進させた。

今日は、ここが最後の訪問先なので、あとはU市に戻るだけである。

U市とM市の間には、大きな山がそびえ立っていた。そのため、山を迂回《うかい》する高速道路を使おうと、山腹を突っ切る一般道を使おうと、どうしても片道で一時間半ほどかかる。したがって、往来は否応《いやおう》なく一日仕事になってしまうのだ。

その間、見目麗しい幼馴染みと車内で二人きりなのは、セックスの心地よさを知って間もない男にとっては半ば拷問のようだった。そんな気持ちが、今日の集中力の欠如に繋がったのは否めない。

こちらの思いを知ってか知らずか、麻里奈は車を山あいの道に向けた。そこは山間を突っ切る最短ルートなので、迂回する高速道路を使うのと大差ない時間で、お金をかけずに会社に戻れるのだ。それに、行きも通っているのでナビがあれば迷う心配もない。

（とにかく、何事もなく会社に戻れれば……）

輝樹は、そう考えていた。

ところが、取引先を出て三十分ほどしてU市に向かう山道に差しかかったとき、輝樹の願いを踏みにじるかのように大雨が降りだした。

「うわぁ。この雨は、ちょっとマズイわね」

ハンドルを握る麻里奈が、緊張した声をあげる。

実際、あまりの土砂降りで視界がほとんどなくなり、数メートル先を視認するのも困難な状態だ。しかも、行きにも経験しているが、このまま進むと道幅が狭くなり、小刻みな急カーブが連続したワインディングロードになっている。豪雨で視界不良の中、無理に走行すれば事故を起こしかねない。

「これ、雨がやむまで下手《へた》に動かないほうがいいわね」

そう言って、麻里奈は車を脇に寄せて停めた。それから、スマートフォンを取り出して雨雲レーダーのアプリをチェックする。

「……あと一〜二時間は、こんな雨が続くみたい。定時までに会社に戻るのは、ちょっと無理ね。そもそも、二時間経ったら日が暮れちゃうし、この雨だと山道は崖崩れとかも心配だし」

ボヤくように言うと、麻里奈はアプリを閉じて会社に電話をかけた。

「あっ、支社長、小田です。実は……」

（こういうとき、パニックになったりしないで必要なことを手際よくやれるのは、さすが麻里姉ちゃんだなぁ）

電話で状況報告をする彼女の姿を見ながら、輝樹は心の中で感嘆の声をあげていた。

社会人経験の差もあろうが、二歳上の幼馴染みは昔から姉御肌で面倒見がよく、子供の頃も周囲から頼られていたものである。その性格故に、想定外の事態にも冷静な対応ができているのだろう。

「……はい。はい、分かりました。それじゃあ、そのようにします」

と電話を切って、麻里奈がこちらに目を向けた。

「輝樹、今日は無理に帰らなくていいって、支社長から言われたわ。どこか、近くで泊まれるところを探すわね」

そう言って、麻里奈がスマートフォンを改めて操作しだす。おそらく、宿を検索しているのだろう。

(と、泊まれるところって……まぁ、別々に部屋を取ればいいのか)

輝樹がそんなことを思っていると、彼女は間もなく操作の手をピタリと止めた。

「ここは……うん、ここなら……でも……」

と、二歳上の幼馴染みがためらいの表情を浮かべつつ、独りごちるように言った。

「麻里姉ちゃん、泊まれそうな場所はあったの？」

輝樹がそう訊くと、麻里奈がハッとしたようにこちらに目を向ける。

「えっ、うん。えっと……三百メートルくらい先に」

「三百かぁ……この雨だけど、大丈夫そう？」

「へ、平気……カーブが多くなるのはその先だし、慎重に運転するから」

と狼狽しながら応じると、二歳上の幼馴染みは車を発進させた。

ただ、道幅が狭くなるのはまだ先ながら、土砂降りの中だからだろうか、ハンドルを握る彼女の表情は、やけに強張っている。

(麻里姉ちゃん、なんだかすごく緊張しているなぁ？　さっきまでは、ここまでガチガチじゃなかったのに……)

宿の検索を終えてから、急に様子がおかしくなったような気がしてならない。

そんな思いはあったものの、さすがに話しかけられる雰囲気でもなく、輝樹は黙って前を向いていた。

そうして進んでいくと、やがて道の横に雨に煙りながらも煌々《こうこう》と輝く「HOTEL森夢《シンム》」という大きな看板と、高い壁に囲まれた二階建ての建物が見えてきた。走行時間から考えて、ここが麻里奈の見つけたホテルなのだろう。

しかし、その看板を見たとき、輝樹は驚きのあまり目を大きく見開いていた。何しろ、ホテル名の下には「ご休憩」と「宿泊」の料金が書かれていたのである。

当然、自分で利用したことはないものの、「ご休憩」があるホテルがどういうところなのかくらいは、さすがに知っている。

「ちょっ……こ、ここってラブホテル!?」

驚きの声をあげる輝樹を無視し、二歳上の幼馴染みはハンドルを切って門を通り、建物の敷地内に車を入れた。

先ほどの態度から見て、どうやら彼女は知らなかったのではなく、ここがラブホテルと分かった上で選んだらしい。

このホテルはL字の構造で、中央の駐車場に屋根があるおかげで中に入るとたちまちフロントガラスの視界が戻る。

麻里奈は駐車スペースに車を停めると、シートベルトを外した。

「さあ、輝樹？　いつまでも車にいるわけにもいかないし、早く中に入るわよっ」

彼女も緊張しているのか、顔を強張らせたまま早口でそう言って車から降りる。

確かに、ここまできて車に残る、という選択肢はさすがにあり得まい。

(だ、だけど、本当に麻里姉ちゃんとラブホテルに……)

そんな困惑を抱きながらも、輝樹は幼馴染みについて行くしかなかった。

5

部屋に入ると、麻里奈が息を呑んで立ち尽くした。

彼女がこの手の場所に初めて入ったということは、ここまでの行動を見ただけで容易に分かった。何しろ、ずっと顔を強張らせていたし、壁のパネルから部屋を選ぶ際もアタフタしていたのである。

もっとも、それは輝樹も同じなので、人のことを言えた義理ではないのだが。

麻里奈が選んだ部屋は、ラブホテルとしては大人しめの落ち着いた色合いで統一されていた。ベッドがキングサイズで、浴室がガラス張りになっている以外は、一見するとリーズナブルなリゾートホテルの一室のようである。ただし、部屋の出入り口横に自動精算機があるのは、普通のホテルではまず見ない光景だ。

（し、しかし、緊急事態だったとはいえ、こんなところに俺と二人で……麻里姉ちゃん、いったい何を考えているんだ？）

輝樹は、そんな疑問を拭えずにいた。

ずっと緊張した様子なので、彼女がこちらのことを特段意識していない、とは考えにくい。だが、それでは「男」として意識されているのか、という点については疑問を拭えずにいた。

「ええと……ま、麻里姉ちゃん？　これから、どうするの？」

内心の動揺を抑えながら輝樹が問いかけると、立ち尽くしていた二歳上の幼馴染みが、ようやく我に返ったように振り返った。

「えっ？　あっ……そ、そうね。えっと、こういうところに入ったら、その、や、やることは一つしかないでしょ？」

あからさまに上擦った声で、麻里奈がそう応じる。

「ええっ？　いや、その、確かにそうだろうけど……麻里姉ちゃん、えっと、本当にいいの？」

輝樹が戸惑いながら訊くと、二歳上の幼馴染みがプウッと頬をふくらませた。

「もうっ。やっぱり、気付いてなかったんだ？　あたし、子供の頃からずっと輝樹のことが好きだったんだよっ」

その予想外の告白に、輝樹は「ほえっ？」と素っ頓狂な声をあげていた。

彼女が、自分にそのような思いを寄せてくれていたというのは、今の今までまったく思いもしていなかったことである。もちろん、嫌われていない自覚はあったが、せいぜい「手のかかる弟」のようにしか見られていない、とずっと思っていたのだ。

「でも、輝樹は志保お姉ちゃんのことが好きだったでしょ？　だから、輝樹が志保お姉ちゃんに告白したって知ったときはショックだったし、片思いだって分かったら、なんだか悲しくてさ。ちょうど、お父さんの転勤で名古屋に引っ越すのも決まっていたから、そのまま避けるようになったんだ」

「そうだったんだ……」

輝樹も、志保に告白して玉砕した直後から、二歳上の幼馴染みとも交流の機会が激減したことは察していた。ただ、彼女は「高校の受験勉強で大変だから」と言っていたので、その言葉を鵜呑《うの》みにしていたのである。

そうして、輝樹が気付いたときには麻里奈は既に家族と引っ越して、音信不通になっていたのだった。

しかし、彼女がこちらの気持ちを知ってショックを受けていた、とはまったく想像もしていなかったことである。

すると、麻里奈がさらに言葉を続けた。

「でも、きちんとお別れせずに名古屋に行ったせいか、ずっと気持ちが吹っ切れなくてさ。大学までズルズルと輝樹のことを引きずっちゃって、このままじゃいけないって思ったんだ。それで、もう一度会えたらって考えてU市の会社に就職したわけ。中学時代の友達から、輝樹が東京の大学に行ったって聞いたときは、ガッカリしたけどね。本当は、来年までこっちで働いていても会えなかったら、もう諦めて名古屋に戻ろうと思っていたんだけど、同じ会社で再会するなんて想像もしていなかったわ」

「確かに、僕も会社で麻里姉ちゃんと会ったときは驚いたよ」

いくら人口減少の問題を抱えているとはいえ、U市は十五万人ほどの人間が暮らしている都市である。もちろん、大小さまざまな会社のオフィスが、そこかしこにある。そんな中で、別々の場所で就職した二人が、示し合わせたわけでもなく同じ職場になったのは、奇跡的な偶然と言えるだろう。

「それでさ……輝樹、志保お姉ちゃんと何かいいことがあったんでしょう?」

意を決したような麻里奈の問いかけに、輝樹の心臓が大きく飛び跳ねた。

「なっ……なんで、そんなことを……?」

「最近の様子を見ていたら、嫌でも気付くわよ。輝樹のことだから、また振られたとか悪いことだったらあからさまに落ち込むはずだけど、なんだかずっとデレッとして上の空って感じなんだもん。いいことがなかったら、そんな顔しないでしょ?」

こちらの疑問に、二歳上の幼馴染みがそう応じる。

(うぐっ。さすがは、俺のことを生まれたときから知っているだけあるなぁ。誤魔化していたつもりだったけど、きっちり見抜いている)

もともと、輝樹自身が嘘をつくのが苦手ということもあろうが、彼女の観察眼もなかなか大したものだと言えるだろう。

するると、麻里奈が正面から抱きついてきた。

「あたし、もう志保お姉ちゃんに負けたくない！　ねえ、志保お姉ちゃんにしたのと同じこと……ううん、もっと色んなことをしてもいいよ？　あたし、こういうことの経験はないけど、輝樹になら何をされたって構わない！」

「ま、麻里奈姉ちゃん……」

彼女の言葉に、輝樹は胸の高鳴りを抑えられなかった。加えて、女体のぬくもりと芳香、そして押しつけられたふくらみの感触が牡の本能を刺激する。

また、二歳上の幼馴染みが輝樹をラブホテルに連れ込む、という大胆な行動に出た理由についても、ようやく納得がいった。

（ゴクッ。麻里奈姉ちゃんとエッチ……）

十年前の彼女はボーイッシュで、異性と言うより「姉」という感覚が強かったが、今は魅力的に成長して、「女性」として意識している。そんな相手とラブホテルに入り、「何をされても構わない」とまで言われたのだ。

ましてや、彼女は「経験がない」と言っていたので、処女なのは疑いようがない。

これは、いい意味で予想外である。

ここまでお膳立てされて何もしないほど、輝樹は我慢強くなかった。

いや、それでも童貞の頃であれば、行動を起こすことをためらっていたかもしれない。だが、こちらは既に志保との経験で生の女体の魅力を知り、このところ麻里奈にもずっと欲望を抱いていたのだ。「渡りに船」と言ってもいいこの状況で、彼女に手を出さないという選択肢など、今は考えられなかった。

（って言うか、これで何もしないほうが、麻里姉ちゃんに失礼だろう！）

そう考えた輝樹は、彼女を力一杯抱きしめた。

すると、麻里奈が「あっ」と小さな声を漏らして、身体を強張らせる。

こういうところは、やはりなんとも初々しく思える。

もちろん、こちらもまだ志保と二度関係を持っただけなので、経験値としてはお世辞にも高いとは言えない。だが、未経験よりはずっとマシで、何をどうするべきか考えることができた。

「麻里姉ちゃん？」

と呼びかけると、二歳上の幼馴染みが顔を上げて視線が絡み合う。

ジッと見つめていると、彼女がこちらの思いを察してくれたらしく、そのまま目を閉じる。

まだ若干のためらいはあったが、輝樹は意を決して顔を近づけると、そっと唇を重ねた。

　すると、麻里奈が「んっ」と声を漏らし、改めて身体を強張らせる。

（こ、これが麻里姉ちゃんの唇……）

　唇の感触など、それほど大きな個人差がある気はしない。だが、志保とは違う相手、ましてやそれが物心がつく前から見知っているもう一人の幼馴染みとなると、やはりどこか異なるように思えてならなかった。

（それにしても、まさか麻里姉ちゃんとキスをすることになるなんて……）

　そんなことを思いながら、輝樹はいったん唇を離した。

「ぷはあっ。あたしのファーストキス、輝樹に……嬉しいなぁ。あたし、今とっても幸せだよぉ」

　目を潤《うる》ませて、麻里奈がそんなことを口にする。

　その彼女の表情が、あまりにも魅力的に思えてならない。

　そこで輝樹は、再び二歳上の幼馴染みの唇を奪った。しかし、今度はただ唇を重ねるだけでなく、舌を口内にねじ込んで彼女の舌を絡め取るように動かす。

「んじゅっ。じゅぶ、じゅるる……」

「んんっ！　んむうっ！　んんんっ、んる……じゅぶる……」

こちらの舌の動きに対し、麻里奈は戸惑いの声を漏らしていたが、唇を振り払おうとはしなかった。それどころか、怖ず怖ずとだが自分から舌を動かしだす。

おそらく、ディープキスの知識は持ち合わせていたのだろう。

そうして舌同士が絡み合うと、接点から得も言われぬ快感がもたらされる。

その心地よさに、輝樹はいつしか酔いしれていた。

6

上着を脱いでワイシャツ姿になった輝樹は、緊張で顔を強張らせている麻里奈をベッドに寝かせて、ブラウスの前をはだけた。そして、飾り気のない白いブラジャーをたくし上げ、乳房を露わにする。

そのふくらみを目にした瞬間、輝樹は「うわぁ」と感嘆の声をあげていた。

既に分かっていたことだが、彼女のバストサイズは志保よりも一回り以上小さい。

しかし、仰向けになっても山の形を保っており、一般的な基準では充分に大きい部類に入るだろう。正直、巨乳の幼馴染み人妻を比較対象にするほうが酷なだけだ、と言わざるを得まい。

「ううっ。子供の頃は、よく一緒にお風呂に入ったりしていたのに、こうやってオッパイを見られるの、すごく恥ずかしいよぉ」

顔を真っ赤にしながら、麻里奈がそんなことを口にする。

その態度に愛《いと》おしさを感じながら、輝樹は構わず彼女の乳房に両手を伸ばした。そして、ふくらみを鷲摑みにする。

輝樹の手が胸に触れただけで、麻里奈が「んあっ」と甲高い声をあげ、身体を強張らせた。

(麻里姉ちゃんの緊張が、オッパイから手を通して伝わってくる気がするな)

もっとも、こんなことをされたのが初めてであれば、当然のことだろうが。

それに、実のところこちらもさすがに緊張はしているのだ。それでも、何をどうするべきか考えられるのは、志保との経験があるおかげと言っていい。

(俺が、麻里姉ちゃんをリードしなきゃ)

という使命感を抱きながら、輝樹は優しく乳房を揉みしだきだした。

「んあっ。あっ、んっ、輝樹の手ぇ。あんっ、いやらしいっ、ふあっ、動きぃ。んんっ、はああっ……」

弱めの愛撫に合わせて、麻里奈がやや控えめな喘ぎ声をこぼしだす。

「そりゃあ、いやらしいことをしているんだし」

と応じながら、輝樹は乳房を優しく揉み続けた。

(どうやら、感じてくれているみたいだ。いやはや、本当に志保姉ちゃんには感謝だな)

幼馴染み人妻との経験がなかったら、おそらくバストの感触に興奮して、力一杯揉んでいたはずだ。だが、初めての相手にそんなことをしても、気持ちよくなってもらえなかっただろう。

そんなことを思いながら、輝樹は力を入れすぎないように気をつけつつ、二歳上の幼馴染みのふくらみをさらに愛撫し続けた。

(麻里姉ちゃんのオッパイ、志保姉ちゃんより小さいからなのか弾力が強めだな。だけど、さすがにどっちがいいとか言えないや)

柔らかさがやや勝る志保の巨乳も、弾力が強めの麻里奈の胸も、どちらにもよさがある。これに優劣をつけるなどナンセンスだし、女性に対して失礼というものだろう。

(さて、そろそろ少し力を強めてみるか?)

ひとしきり優しい愛撫をしてから、輝樹はそう考えて指の力を強めた。

「んんっ！　あっ、んあっ、輝樹の指ぃ。んはっ、あんっ……」

力加減に合わせて、麻里奈の声もやや大きくなる。だが、予想していたよりも反応が鈍く思える。

（志保姉ちゃんなら、もっと敏感に喘いでくれたのに。やっぱり、まだ緊張しているのかな？）

おそらく、この予想は外れていまい。緊張のせいで性感が鈍っているというのは、大いにあり得る話だ。

（だったら……）

と、輝樹は片手を胸から離した。

見てみると、乳房の頂点にあるピンクの突起は、まだ充分とは言えないが刺激によって既に屹立しつつある。

そこで、輝樹は乳首にしゃぶりついた。そして、すぐにそこを吸いつつ舌で乳頭を弄《いじ》りだす。

「ちゅば、ちゅば……レロ、レロ……」

「ふやんっ！　輝樹っ、あんっ、赤ちゃんっ、ああっ、みたいぃぃ！　はあっ、ああんっ……！」

と、麻里奈が甲高い声で喘ぎながら、文句とも感想ともつかない言葉を口にする。

（自分でも、それはちょっと思うけど、赤ちゃんはこんなことしないよね？）

そう心の中で反論しながら、輝樹は乳首を弄り回しつつ、乳房を摑んだままの手を動かして愛撫を再開した。

「はっ、ああっ！　ひゃんっ、両方!?　あっ、ああんっ！　それっ、やっ、んはあっ、感じちゃうっ！　ああっ、きゃふうっ……！」

二歳上の幼馴染みの口から、戸惑い混じりの喘ぎ声がこぼれ出る。

さらに輝樹は、ふくらみを揉む手をそのまま少しスライドさせると、突起を摘《つ》まみ上げた。そうして、両方の乳首を同時に愛撫しだす。

「きゃううっ！　そっ、ひゃうっ、そんなぁ！　ああっ、きゃんっ、乳首がぁ！　あっ、ひううっ……！」

麻里奈がおとがいを反らし、甲高い声を張りあげた。ここはラブホテルだから、どれだけ大声を出しても大丈夫だが、普通の家やアパートでは近所に声が響き渡っていたかもしれない。

「ああっ、こんなっ、やんっ、初めてぇ！　ひゃうっ、ビリビリするっ、はうっ、おかしくっ、きゃふうっ、はあっ、ああっ……！」

両乳首への愛撫で、麻里奈が半狂乱になったように喘ぎ、顔を左右に振って足をバタつかせる。おそらく、少しでも快感をいなそうとしているのだろう。

（さて、そろそろ下もやったほうがいいかな？）

そう考えた輝樹は、乳首から指を外し、手を彼女の下半身に伸ばした。そして、スカートをたくし上げて下着の中心部に指を這わせる。

そこに触れた途端、麻里奈が「きゃふんっ！」と素っ頓狂な声をあげた。

（……もう、けっこう濡れているな）

実のところ、果たして自分の愛撫で処女の彼女がどの程度潤うか、不安がかなりあった。しかし、二歳上の幼馴染みのそこは、キスと上半身への刺激だけでそこそこの湿り気を帯びている。しっかり感じていたのは、間違いないようだ。

ただ、下着越しの感触なので正確には分からないが、挿入できるほどかと言われると、さすがにまだ少し早い気がする。

「麻里姉ちゃん、興奮しているんだ？」

輝樹が乳首から口を離して訊くと、

「だって、いつも輝樹のことを思って一人でしていたから、実際に弄られたらなんだか感じすぎちゃって……って、何言わせんの、馬鹿っ」

と応じた麻里奈が、顔を真っ赤にして視線をそらした。

どうやら、輝樹に抱かれることを想像しながら頻繁に自慰をしていたらしい。そのため、緊張が解けてくると、思い人本人に愛撫されている現実に、条件反射的に感じていたのだろう。

「麻里姉ちゃん、下を脱がすよ？　腰を浮かせて」

「う、うん……」

こちらの指示に恥ずかしそうに頷き、二歳上の幼馴染みが腰を浮かせる。

輝樹はホックを外し、ファスナーを開けてスカートを足下まで引き下げた。そして、彼女の動きに合わせて足から抜き取る。

すると、白地で腰回りに花柄のデザインがあしらわれた下着が姿を見せた。

（へぇ。麻里姉ちゃんも、こういうパンツを穿くんだな）

輝樹は、二歳上の幼馴染みにいささか失礼な感想を抱いていた。

子供の頃の彼女は、お洒落にあまり興味を持っていなかった記憶がある。また、ブラジャーも飾り気がなかったため、てっきりショーツも上と同じかと思っていたのだ。そのため、見えない部分で控えめなお洒落をしていたことに、今さらながら驚いたのである。やはり、十年という歳月は人を変えるのに充分な時間だったのだ、と思わずにはいられない。

だが、輝樹がスカートを畳んで床に置き、改めて向き直っても、麻里奈は腰を降ろしたままだった。

「麻里姉ちゃん？」

「や、やっぱり、なんだか恥ずかしいよぉ」

輝樹の問いかけに、彼女が視線をそらしたまま応じる。

ショーツを脱げば、自分の最も恥ずかしい部分が好きな男の前で露わになる。その羞恥心を、今さらのように強く感じているらしい。

「僕は、麻里姉ちゃんのオマ×コを見たいんだけどなぁ」

「オマ……も、もうっ、そういうことを真顔で口にしないでよっ、エッチ」

と、麻里奈が顔を真っ赤にしながら抗議の声をあげる。

それでも、彼女はすぐに諦めたように自ら腰を持ち上げた。

そこで、輝樹はショーツに手をかけて一気に引き下ろした。そうして、足から布を取って横に置き、前面を露わにした幼馴染みに目を向ける。

「うう……あんまり見ないで。すっごく恥ずかしいんだからぁ」

顔を背《そむ》けたまま、麻里奈がそんなことを言って胸と股間を手で隠す。

こういうところは、堂々としていた志保と違い、なんとも初々しく思えてならない。

「麻里姉ちゃん、オマ×コ隠さないでよ。ちゃんと見せて」

「そ、そんなこと言われてもぉ」

輝樹の求めに、二歳上の幼馴染みが戸惑いの声をあげる。

「子供の頃、一緒にお風呂に入ったりしていたじゃん？」

「い、いつの頃の話をしているのよ、もうっ」

と言いつつ、彼女も諦めたのか、怖ず怖ずと股間から手をどかした。

そうして現れた部分に、輝樹は目を奪われていた。

(これが、麻里姉ちゃんのオマ×コ……)

麻里奈の秘部は、志保よりも恥毛がやや薄い。ただ、五歳上の幼馴染みの毛はきちんと手入れして逆デルタになっていたのに対し、彼女の生え際はよく言えば自然な、悪く言えば手入れがあまりされている形跡がなかった。

さすがに、手入れをまったくしていないことはあるまいが、こうして他人に、ましてや異性に見られるのは意識しておらず、こまめにはしていなかったのだろう。

それに、うっすらと蜜を湛えた秘裂も、志保よりしっかり口を閉じていた。こういうところにも、彼女の初々しさが感じられる気がする。

輝樹は二歳上の幼馴染みの横に移動すると、秘部に指をじかに這わせた。

それだけで、彼女が「んあっ」と短い声をあげ、身体を強張らせる。

その反応を見ながら、輝樹は秘裂に沿って慎重に指を動かし始めた。

「んっ、あっ、輝樹のっ、んはっ、指っ！　あっ、あんっ、自分のとっ、んあっ、やっぱりっ、あんっ、違うっ！　あっ、はうっ……！」

麻里奈が、愛撫に合わせて喘ぎながら、そんなことを口にする。

どうやら、性器を初めて他人に弄られると、自分でするのとは異なる心地よさがもたらされる気がするのは、男女共通の感覚らしい。

「あんっ、はあっ、ふあっ、指っ、あんっ、いいっ、はうっ、あんっ……！」

さらに喘ぎ続けていると、幼馴染みの身体からますます力が抜けていった。快感に浸って、緊張がほぐれてきたようである。

また、指に絡みつく蜜の量も増してきた。

そこで輝樹は、いったん指を離し、身体を移動させて彼女の脚の間に顔を入れた。

「えっ？　て、輝樹？　そこっ、間近で見たらダメぇ！」

と、麻里奈が抗議の声をあげる。

だが、輝樹はそれを無視して秘裂に舌を這わせた。

「レロ、レロ……」

「ひゃうんっ！　舌ぁ！　ああっ、それっ、やんっ、指とっ、はあっ、違うぅぅ！　ああっ、ひうっ、きゃんっ……！」

舌の動きに合わせて、二歳上の幼馴染みが頭を振りながら甲高い声をあげる。

まだ表層しか舐めていないのだが、それでも彼女は充分な快感を得ているらしく、秘裂から舐め取るのが追いつかないほど新たな蜜が溢れている。

（ああ、ヤバイ。なんか、こっちも暴発しそう）

愛撫を続けながら、輝樹はそんな危機感を抱きだしていた。

志保との行為ももちろん興奮したが、処女をリードしているという昂りは、またひと味違うものに思えてならない。このまま行為を続けていたら、挿入前に発射してしまいそうだ。

（経験がない麻里姉ちゃんにリクエストするのは、ちょっと気が引けるけど……）

そう考えながらも、輝樹は秘裂から口を離した。

「麻里姉ちゃん、その……嫌じゃなかったらでいいんだけど、フェラチオしてもらえる？」

その提案に、麻里奈が目を開けて顔を向けてくる。

「ほえ？　フェラ……あっ」

すぐに、こちらの要求が意味することに気付いたらしく、二歳上の幼馴染みが息を呑む。

「……輝樹は、あたしにフェラチオをして……もらいたいんだ？」

やや躊躇してから、彼女はためらいがちに訊いてきた。

「うん。その、麻里姉ちゃんに興奮しすぎちゃって、このままだとあっという間に出ちゃいそうだから……駄目かな？」

ここは格好をつけても仕方がないので、輝樹は素直に答えた。

「……し、仕方がないなぁ。輝樹は、いくつになっても甘えん坊で。けど、あたしはしたことがないから、やり方を教えてよね？」

いささか無理をしている感じはあったが、それでも麻里奈はそう応じてくれた。

弟的な人間からの求めを拒むのは、ずっと姉のような立場として振る舞ってきた彼女には難しかったのかもしれない。

「うん。あっ、服は脱いじゃってよ。僕も脱ぐから」

「あっ……そ、そうだね。下は脱がされちゃったけど、ブラウスとかを汚すわけにいかないし」

こちらの指示に、二歳上の幼馴染みが納得の表情を浮かべる。

輝樹はいったんベッドから降り、麻里奈に背を向けた。

(何しろ、麻里姉ちゃんは初めてだからな。服を脱ぐところを男に見られるのは、さすがに恥ずかしいと思うし)

一応、そういう気遣いをするくらいの心の余裕があるのは、やはり志保との経験があればこそだろう。

ただ、背後から聞こえてくる衣擦《きぬず》れの音が、やけにエロティックに思えてならない。

(おっと。こっちも服を脱がなきゃ)

慌ててそう考えて、輝樹はワイシャツを脱ぎ、中のTシャツも脱いで上半身裸になった。それからズボン、さらにパンツも脱いで全裸になる。

そうして、脱いだ衣類を畳んで棚の上に置いてから目を向けると、麻里奈も全裸になって衣服を畳んでいた。

「あっ、輝樹も脱ぎ終わって……そ、それが勃起したオチ×ポ……それに、毛が生えて、先っぽもそんなに……」

輝樹の股間を見た幼馴染みが、息を呑んで感想を口にする。

こちらが小学校低学年の頃まで、何度となく一緒に入浴していたので、ペニスの記憶はしっかりあるのだろう。

しかし、幼少期とは違ってすっかり成長し、先端の皮も剝《む》けていきり立った一物を目の当たりにして、さすがに戸惑っているようだ。

改めて、マジマジと見つめられると恥ずかしさはあったが、輝樹はそれを我慢してベッドに膝立ちした。

「じゃあ、麻里姉ちゃん？　お願いできる？」

「う、うん……」

輝樹が促《うなが》すと、麻里奈は四つん這いになってためらいがちに顔を近づけた。

しかし、そこで彼女は肉茎を見つめたまま、動きを止めてしまう。おそらく、頭が真っ白になって、何をどうすればいいか分からなくなっているのだろう。

（まぁ、俺も初めてのときはそうだったからな）

と考えて、輝樹はさらに指示を出すことにした。

「麻里姉ちゃん、まずは片手でチ×ポを握って」

「えっ？　あっ、う、うん……」

こちらの声を聞いて、二歳上の幼馴染みがようやく我に返ったらしく、やや間の抜けた声をあげつつも、恐る恐るという様子で手を伸ばす。

そして、彼女の手が竿を優しく包み込んだ。

「うわあ……ほ、本当に硬い。けど、熱くてヒクヒクして……これが、本物の勃起チ×チンなんだ……」

麻里奈が、独りごちるようにそんな感想を口にする。

（くっ。麻里姉ちゃんの手、おっかなびっくりって感じで握る力が弱いけど、そのぶん、志保姉ちゃんとは違う感じがする）

思いがけない心地よさに、輝樹は内心で焦りを抱いていた。

とはいえ、経験者として情けないところを見せられない、という一心で声を出すのはどうにか堪え、平静さを装《よそお》って口を開くことにする。

「じゃあ、まずは軽く手でチ×ポをしごいてくれる？」

「しごっ……わ、分かった」

こちらの指示に、驚きの表情を浮かべた幼馴染みだったが、すぐに頷いてゆっくりと手を動かしだした。

しかし、さすがに志保ほどスムーズな手つきではなく、また怖ず怖ずとしている様子が目はもちろん肉棒からも伝わってくる。もっとも、そんな不慣れなぎこちなさが、慣れた相手と異なる奇妙な興奮をもたらしてくれるのも間違いないのだが。

「次は、チ×ポの先っぽを舐めてくれる？」

「えっ？　あっ、そうだね。舐めなきゃ」

輝樹のアドバイスを受けて、彼女が思い出したように言う。

輝樹自身もそうだったが、知識としては知っていても初体験の緊張で、何をすればいいか頭から綺麗に吹き飛んでしまったのだろう。

麻里奈は、やや強張った面持《おもも》ちで、亀頭に口を近づけた。そして、怖ず怖ずと縦割れの唇に舌を這わせる。

「レロ……レロ……」

途端に、慣れた幼馴染み人妻にされるのとは違う、もどかしさを伴《ともな》った心地よさが分身からもたらされた。

「ああ……なかなかいいよ、麻里姉ちゃん。けど、もう少し大胆にしてもらえると、嬉しいかも？」

「レロロ……は、初めてなんだから、仕方がないでしょ？」

「それもそうだね。でも、もうちょっと頑張って欲しいかな？」

「うう……分かった。チロ、レロ……」

輝樹の指示を受け、麻里奈がさらに先端部を舐め回す。

ただ、本人が一生懸命なのは伝わってくるものの、やはりぎこちなさは残ったままである。しかし、それが新鮮な興奮をもたらしてくれるのも間違いなかった。

何より、物心ついたときから知っている姉のような相手に、年下の自分がフェラチオを指導しているのだ。そのことがなんとも不思議な気分で、やけに気持ちが昂ってくる。

だが、敏感な先端をずっと舐められていると、あっという間に達してしまいそうだ。

そこで輝樹は、新たな指示を出すことにした。

「いいよ……じゃあ、咥えてくれる？」

「レロロ……えっ？　く、咥え……？　あっ、そうか。フェラって、そういうものだよね？」

麻里奈が、困惑の表情を浮かべながら、そんなことを口にする。

案の定と言うべきか、さすがに彼女も今どきの女性なので、アダルト動画か何かでフェラチオの知識は得ていたのだろう。ただ、いくら知っていても実践できるかどうかは別だ。

「じゃあ……あーん」

と、麻里奈が口を大きく開け、ゆっくりと一物を口に含みだす。

しかし、半分ほどまで入れたところで、彼女は「んんっ」と苦しそうな声を漏らして動きを止めてしまった。どうやら、今はこれくらいが限界らしい。

（志保姉ちゃんは、もっと根元近くまで咥えてくれたんだけど、初めてじゃ仕方ないかな？）

それに、なんと言っても二歳上の幼馴染みが初めて咥えたのが自分のモノなのだから、それだけでも今は満足するべきだろう。

「麻里姉ちゃん、チ×ポに歯を立てないように気をつけながら、ゆっくり顔を動かしてみて。無理しなくていいから、動ける範囲でね？」

その指示に、麻里奈が「んっ」と声を漏らして小さく頷き、ストロークを始めた。

「んんっ……んむっ……んじゅ……んぐ……」

くぐもった声をこぼしながら、彼女がなんともぎこちなく緩慢な動きでペニスに刺激をもたらす。

おそらく、竿に歯が当たらないよう慎重になっているのだろう。

（ああ、この不慣れな感じ……これはこれで、気持ちいいかも）

輝樹は、ついついそんなことを思っていた。

もちろん、慣れた志保の動きとはもたらされる快感は比較にならない。だが、麻里奈の初フェラチオだという事実が、通常とは異なる快楽と興奮を生み出している気がしてならない。

「んっ……んむ……じゅぶる……んぐ……」

なおも彼女は懸命に顔を動かし続け、輝樹はその行為に身を委《ゆだ》ねて、もたらされる心地よさに浸っていた。

すると、いよいよ腰に熱いものが本格的に込み上げてくる。

「くうっ、そろそろ出そう……」

「ぷはあっ。出るって？　……あっ、精液？」

輝樹の訴えに対し、麻里奈が肉棒をいったん口から出して、首を傾げながら言った。

一瞬、なんのことか分からないようだったが、すぐに気付いたようである。

「うん。麻里姉ちゃんは初めてだし、最後は手でしてくれる？」

「あっ。う、うん。分かった」

輝樹のアドバイスにそう応じて、麻里奈が改めて一物を握り直す。そして、やや緊張した面持ちで手を動かしだした。

「ああっ、それっ。くうっ！」

まだ不慣れな手つきで竿をしごかれてながら、輝樹は予想外の快感に呻いていた。

他人にこうされることは、既に志保で経験している。だが、二歳上の幼馴染みの初々しいぎこちなさには慣れた手つきとは違った背徳感があり、それがなんとも言えない昂りをもたらしてくれる。

「ううっ。麻里姉ちゃんっ、出すよ！　はううっ！」

たちまち限界に達した輝樹は、そう声をあげると、彼女の顔面に白濁のシャワーを浴びせた。

「ひゃうんっ！　すごいのっ、いっぱい出たぁ！」

目を閉じ、顔を背けて驚きを口にしながら、麻里奈はスペルマを浴び続ける。

そんな彼女の姿が、なんとも言えずエロティックで、輝樹の興奮はなお収まる気配がまったくなかった。

7

射精を終えると、輝樹は顔に精を付着させたまま放心した麻里奈をベッドに仰向けに横たえた。そして、足の間に入り込んで秘部を見つめる。

フェラチオで興奮していたらしく、そこからは新たな蜜が溢れ出している。どうやら、準備は充分に整っているようだ。

「麻里姉ちゃん、挿れてもいい？」

輝樹がそう訊くと、彼女は小さく息を呑んだ。しかし、すぐに意を決したようにコクンと首を縦に振る。

「うん……すごく恥ずかしいけど……あたしの初めて、輝樹にもらって欲しい」

このように言われては、もはやここで引き下がることなどあり得まい。

輝樹は勃起したままの陰茎を握って、二歳上の幼馴染みの秘裂にあてがった。

すると、志保としたときとは違った緊張感が、自然に湧き上がってくる。

それでも大きく息を吐き、輝樹は分身を押し込んだ。

「んんんっ！」

挿入と同時に、麻里奈が歯を食いしばってくぐもった声を漏らす。

構わずに進んでいくと、間もなく五歳上の幼馴染みでは感じなかった抵抗があり、輝樹はそこでいったん動きを止めた。

これが初めての証《あかし》なのは、もはや間違いあるまい。

しかし、そう意識した途端、輝樹の心には躊躇の気持ちが湧いてきた。

（俺なんかが、本当に麻里姉ちゃんの初めての相手でいいのかな？　そりゃあ、麻里姉ちゃんは俺のことを「好き」って言ってくれているし、俺もどっちかと言えば好きだけど……）

だが、その「好き」が恋愛的な意味なのか、姉弟愛的なものなのか、自分でもまだよく分かっていないのである。

ましてや、こちらは彼女の気持ちにまったく気付かず、志保に振られたことをずっと引きずってきたのだ。

いくら、「初めてをもらって欲しい」と言われても、彼女には処女を捧げるのにもっとふさわしい相手がいるのではないか、という気持ちはどうしても拭い切れない。

すると、麻里奈が目を開けて見つめてきた。

「輝樹、早くしてよぉ。初めては輝樹がいいって、あたしはずっと思っていたんだからぁ」

「麻里姉ちゃん……」

ここまで言われたら、もはや覚悟を決めるしかあるまい。

「分かったよ。じゃあ、いくよ？」

意を決した輝樹は、そう声をかけて腰に力を込めた。

すると、ブチブチと何かを裂くような感覚が先端から生じる。

「んあああっ！　いっ、痛いぃぃぃぃ！」

同時に、麻里奈が悲鳴のような苦しげな声を室内に響かせた。

その辛そうな声を聞くと、つい挿入を途中で止めたくなってしまう。

(いや、そうするとかえって痛みが長引くって、何かで見たことがあるな。確か、一気に挿れちゃったほうがいいはず)

そう考えて、輝樹は思いきって一物を奥まで押し込んだ。

すると、麻里奈が「ひゃううぅぅぅん！」とおとがいを反らし、目を見開いて甲高い悲鳴をあげる。

しかし、こちらの動きが止まると、すぐに彼女の身体からも力が抜けていった。

「んはあ……はぁ、はぁ、痛いよ、輝樹ぃ」

目に涙を浮かべながら、二歳上の幼馴染みがなんとも弱々しく言う。

「ゴメン、麻里姉ちゃん。辛いんだったら、抜こうか？」

「あっ、ううん。痛いけど、輝樹に初めてをあげて、輝樹と一つになれて、今とっても幸せな気分だから」

まだ辛そうだったが、そう言って彼女が口元に笑みを浮かべる。

輝樹が、初恋の女性に童貞を卒業させてもらったのと同じく、麻里奈も初恋の相手に処女を捧げられたのだ。嬉しいのは、当然かもしれない。

「あ、あのね……その、動いてもいいよ。あたし、年上なんだし我慢するから」

輝樹がジッとしていると、麻里奈がためらいがちにそんなことを口にした。

どうやら、こちらが気を使って腰を動かしたいのを我慢している、と思ったらしい。

しかし、結合部から赤い物が流れ、シーツに血痕が点々と散っているのを見ると、とてもではないが欲望のままに動く気にはならない。

「もう少し、このままでいるよ。時間はあるんだし」

輝樹は、そう返答していた。

休憩ならともかく、この時間からの宿泊であればチェックアウト時刻を気にすることはない。そうであれば、無理をする必要などどこにもあるまい。

(それにしても、麻里姉ちゃんのオマ×コ、志保姉ちゃんよりもキツイ。でも、なんだかチ×ポが襞と一体になっているみたいで、ジッとしていても気持ちいい)

一発出さずに挿入していたら、おそらくこの心地よさに耐えきれず、あっさり暴発していただろう。

輝樹は、そんな感想を抱きながら、動くのを我慢していた。

「んっ……はっ……んくう……」

麻里奈は、男根を受け入れた違和感がなかなか抜けないらしく、まだ苦しそうな声をこぼしていた。

　それを見ていると、申し訳なさと愛おしさが一度に込み上げてきて、少しでも彼女を気持ちよくしたい、という思いが湧いてくる。

　そこで輝樹は、幼馴染みに顔を近づけた。そして、面食らった表情の彼女に唇を重ねる。

「んんっ!?　んっ……んぐ、んむっ、んんんっ……」

　ついばむように唇を貪《むさぼ》ると、麻里奈がくぐもった声をこぼす。しかし、唇を振りほどこうとはしない。

　ひとしきりキスをしてから、輝樹は唇を離した。

「ぷはあっ。はぁ、はぁ……あたしの口、さっきまでチ×チンを咥えていたのにぃ」

　唇を解放されると、彼女がそんなことを言った。

「僕も、麻里奈姉ちゃんのオマ×コに口をつけていたし、おあいこじゃない？」

「そ、それもそう……かな？」

　こちらの返答に、麻里奈がやや釈然としない表情を浮かべる。

　正直、まったく気にならないと言ったら嘘になる。だが、それ以上に幼馴染みとキスをしたい、という欲望が勝《まさ》ったのである。

それからさらにジッとしていると、やがて彼女がモゾモゾと腰を動かしだした。

「どうしたの、麻里姉ちゃん？　まだ痛い？」

「あ、あのね……痛いのは痛いままなんだけど……その、輝樹のチ×チンを中でずっと感じていたら、なんだか変な感じになってきちゃって……あそこが疼くっていうか、落ち着かない感じっていうか……」

どうやら、幼馴染みの内側で痛み以外の感覚が生じ始めたらしい。

そこで輝樹は、いったん上体を起こした。

「じゃあ、そろそろ動くから。なるべく痛くないようにするつもりだけど、痛かったらちゃんと言ってね？」

と声をかけて、輝樹は彼女の腰を摑んだ。そして、押し込むことだけを意識しながら慎重に抽送を開始する。

「んっ……あっ……んくうっ……！」

奥を突くたびに、麻里奈が小さな喘ぎ声をこぼす。

「麻里姉ちゃん、大丈夫？」

「んあっ、平気ぃ。んっ、奥っ、あんっ、当たってつ、んくっ、変なっ、あんっ、感じがっ、ふあっ、するだけぇ、んはあっ……！」

小さな抽送を続けながら輝樹が訊くと、彼女がそう応じる。

どうやら、子宮口をノックされる未知の感覚に戸惑っているだけで、痛みはそこまで強く感じてはいないらしい。

とはいえ、さすがにまだ心配なので、輝樹は一定のリズムを心がけながら小さな抽送を続けた。

(それにしても、志保姉ちゃんとエッチしてなかったら、押し込むだけの動きなんて考えもしなかったよなぁ)

もしもこれが初体験だったら、幼馴染み人妻と初めて正常位でしたときのように、ピストン運動を意識するあまり腰を引いていただろう。

だが、そうしたら破瓜《はか》の部分が擦れて麻里奈がもっと痛がっていた可能性がある。その場合、こちらもどうしたらいいか分からなくなり、腰を動かせなくなっていたかもしれない。

そう考えると、志保との経験はとても役に立っていると言えた。

「んっ、あっ、んくっ、なんだかっ、あんっ、変なっ、んあっ、身体っ、はうっ、熱くぅ！　んはっ、あそこっ、あうっ、痺《しび》れてっ、んっ、はあっ、ああっ……！」

やがて、二歳上の幼馴染みの声から苦痛の色が消えていき、熱い吐息のような喘ぎ声だけが口からこぼれ出るようになってきた。その表情からも、もう辛そうな様子は見られない。

（そろそろ、もう少し強くしても平気かな？）

と考えた輝樹は、腰の動きをやや大きくした。

「ひあぁっ！　あっ、はうっ！　やんっ、奥ぅ！　はううっ、ズンって！　きゃふっ、突き上げてぇ！　ああんっ！」

途端に、麻里奈の声のトーンが跳ね上がる。

「麻里姉ちゃん、大丈夫だった？　辛かった？」

輝樹は慌てて動きを止め、そう訊いていた。

経験者が相手なら、ここまで心配はしなかっただろう。しかし、彼女はつい今し方、破瓜を迎えたばかりである。そのため、どうにも加減がよく分からない。

すると、二歳上の幼馴染みがこちらに目を向けた。

「あっ、大丈夫。えっと、子宮にチ×チンの先が食い込む感じがして、すごい電気が走ったみたいでビックリしただけ。痛かったわけじゃないよ」

弱々しいながらも笑みを浮かべながら、麻里奈がそう応じる。その顔を見た限りは、無理をしているようには思えない。

「じゃあ、今くらいの強さで続けるよ？」

「うん。輝樹のしたいようにして」

彼女の許可を受けて、輝樹は抽送を再開した。

「んっ、あっ、あんっ！　んはっ、これっ、あんっ、いいっ！　あんっ、これがっ、ふあっ、セックス？　んあっ、いいっ！　はうっ、セックスッ、んはあっ、気持ちいいよぉ！　ああっ、はううっ……！」

二歳上の幼馴染みが、抽送に合わせて艶めかしい喘ぎ声をこぼす。

どうやら、初めてのセックスでしっかりと快感を得ているらしい。

（くうっ。麻里姉ちゃんの中、キツイから少し動きを大きくしただけでチ×ポがすごく気持ちよくなる！）

初めて男を迎えた膣は、異物を押し出そうとするかのように肉棒を締めつけてくる。

だが、それがかえって快感をもたらしてくれるのだ。

その気持ちよさに負けて、輝樹は我知らず腰の動きを次第に速めていた。

「あっ、あんっ！　はふっ、あっ、ああっ！　はうっ、ひゃううっ……！」

抽送に合わせて、麻里奈の喘ぎ声も大きくなる。

彼女も、もう痛みよりも快感の大きさに、すっかり酔いしれているらしい。

「はあんっ！　ああっ、来るぅ！　はああっ、大きいのっ、んはあっ、あたしっ、きゃふうっ、来ちゃうよぉ！」

間もなく、幼馴染みが切羽詰まった声でそんなことを口にした。

（麻里姉ちゃん、そろそろイキそうだな。とはいえ、こっちもさすがに限界が……）

輝樹のほうも、ペニスの先端まで熱いモノが込み上げてきているのを感じていた。

あと少し動いたら、限界に達するのは間違いない。

「僕も、そろそろ……抜くよ？」

「ああっ、ダメぇ！」

こちらの言葉に対し、彼女がそう言うなり腰に足を絡みつけてきた。

「えっ？　ま、麻里姉ちゃん!?」

「んはっ、このまっ、あんっ、このまま中にぃ！　あんっ、出してっ！　んはっ、輝樹をっ、ああっ、全部っ、はああっ、感じさせてぇ！」

戸惑いの声をあげた輝樹に、二歳上の幼馴染みが喘ぎながら訴える。

（麻里姉ちゃんにまで、中出し……大丈夫なのか？）

正直、志保のときも気がかりだったが、処女だった相手に中出しを決めるのは、本気で後戻りできなくなりそうな不安が拭えない。

だが、子供の頃から面倒を見てくれた女性を、中出しで独占するという昂揚感が、不安をはるかに上回っていた。

（ええいっ！　こうなったら、やるしかない！）

開き直った輝樹は、腰の動きを速めた。

「あっ、あんっ、イクッ！　ああっ、あたしっ、あんっ、イクッ、イクッ！　んあっ、イッちゃうううううううううう!!」

麻里奈が絶頂の声をあげながらのけ反り、全身をピンと強張らせる。

すると、膣道が収縮してペニスに甘美な刺激をもたらす。

そこで限界に達した輝樹は、「くうっ」と呻くと腰の動きを止め、彼女の中に出来たてのスペルマを注ぎ込んだ。

第三章　巨乳兄嫁のバストに包まれて

1

土曜日、いつものように午前中からゆかりがやってきて、洗濯や室内の掃除、昼ご飯の用意までしてくれた。本来、すべて自分でやるべきことなのだが、つい彼女の厚意に甘えてしまう。

（なんか、俺が義姉《ねえ》さんと結婚したみたいに錯覚しそうだぜ）

エプロン姿で、昼食後の皿洗いなどをしている義姉のエプロン姿は、まさに「嫁」と呼ぶにふさわしい。

（それにしても……やっぱり、義姉さんのオッパイは大きいなぁ。じかに見たら、どんな感じなんだろう？）

髪を後ろで結わえて家事に励む兄嫁を見ながら、輝樹はついそんなことを考えて、股間のモノに血液が集中するのを抑えられずにいた。

志保だけでなく麻里奈とも関係を持ったせいで、動くたびにタプタプと揺れる爆乳をはじめとする兄嫁の肉体への興味が、ますます強まってしまったのである。

(このままじゃ、本気で義姉さんに襲いかかっちゃいそうだな)

家にいると、ついムラムラして、そんな危機感が湧き上がってくる。

そこで輝樹は、「映画を観に行くから」と言って、兄嫁を家に残して出かけることにした。

U市の駅前にあるショッピングモールには大手のシネコンが入っており、適当に時間を潰すにはちょうどいい。こういうときは、コメディ映画でも観て気分転換を図るのが最善策だろう。

ただ、そうは思っても二人の幼馴染みの肉体に関する記憶は、容易に拭い去ることはできなかった。

(志保姉ちゃんもよかったけど、麻里姉ちゃんとのエッチも気持ちよかったからなぁ。しかも、俺が初めての男なんだし)

処女を捧げてもらっただけでも、自分が本当に二歳上の幼馴染みの特別な存在になった、という気がしてならない。

しかし、その麻里奈は初体験のあと「輝樹が迷っているの、分かっているから」と言って、恋人気取りの態度をまったく見せなかった。特に就業中は、今までと変わらない接し方で、むしろ輝樹のほうが意識しすぎて我ながらいささか挙動不審だ、と思ってしまったほどである。

（ああいうところは、年上だからできる態度なのか、それとも麻里姉ちゃんの性格だからなのか、よく分からないなぁ）

そんなことを思いながら、ジャケットを羽織って玄関のドアを開け、外に出たとき。

「あっ……て、輝樹」

不意に横から声がして反射的に目を向けると、門の陰に隠れるように麻里奈が立っていた。

「うわっ。麻里姉ちゃん!?　ビックリした。ど、どうしたのさ？」

まさか、幼馴染みがそこにいるとは予想もしていなかったため、さすがに輝樹は素っ頓狂な声をあげてしまう。

「う、うん、その……散歩してたら、なんとなくこっちに足が向いてさ。ちょうど、インターホンのボタンを押そうかなと思っていたところだったんだ。ほ、ホントだからねっ」

やけに狼狽《うろた》えながら、麻里奈がそう応じる。

(これは……もしかして、義姉さんがいることに気付いて、俺が出てくるのを待っていたのか?)

現在、北条家の玄関横には乗用車が二台並んで停まっている。そのうちの一台が、輝樹の父親の車であることは、麻里奈も前に一度来訪しているので知っているはずだ。したがって、見慣れないもう一台の車が横にあれば、来訪者が誰かを想像するのは容易に違いない。

そうして、ゆかりの来訪を察した幼馴染みが、輝樹を呼び出すべきか否か迷っていた、というのは充分に考えられる。もっとも、たとえそれを指摘しても、彼女のことだから素直に認めはしないだろうが。

「と、ところで、輝樹はどこか行くつもりだったの?」

麻里奈が、動揺を誤魔化そうとするかのように、あからさまに話題を切り替える。

「あっ、うん。映画でも観に行こうか、と思って」

「へ、へえ、そうなんだ。じゃあ、駅前のシネコンだよね? だったらさ……えっと、一緒に観に行こうか?」

上目遣いに、彼女がそう問いかけてくる。

（それって、デートしたいってことか？　本当は、俺を誘いたかったのかな？）

本来なら一人になりたかったのだが、このように言われては断ることはできず、輝樹は「いいよ」と応じるしかなかった。

2

「くうっ。麻里姉ちゃん、すごく気持ちいいよ」

下半身を露わにし、麻里奈の部屋のベッドに腰かけた輝樹は、下着姿になった彼女のフェラチオ奉仕の心地よさに、そう感想を口にしていた。

「んっ。んむ、んむ……」

映画を見終えたあと、二人でお茶などしていたところ、二歳上の幼馴染みが自宅マンションに輝樹を誘ったのである。そうしてついて行ったら、彼女のほうからフェラチオを申し出てきたのだった。

麻里奈の住まいは、三階建ての１Ｋマンションの一階だった。生活スペースが十畳あるので、東京ではそこそこの値段がしそうだが、Ｕ市ではかなり割安で借りられる。

また、終《つい》の住処《すみか》ではないからだろうが、部屋の荷物はあまり多くなかった。目立つのは、ベッドと洋服箪笥《だんす》と大型液晶テレビくらいで、あとは小さな食器棚と折り畳みテーブルとクッションが置かれている程度である。そのため、部屋が随分と広く感じられる。

それはともかく、部屋に誘われた時点で、彼女が再度の関係を求めてくることは輝樹ももちろん確信していた。しかし、ついこの間まで処女だった女性の予想以上の積極性には、困惑を覚えずにはいられなかった。

「だって、輝樹としてから、一人でしても満足できなくなっちゃったんだもん」

こちらの疑問に対し、麻里奈はなんとも恥ずかしそうに応じたのである。

輝樹もそうだったが、彼女も想像とは異なるセックスの快楽を知ったことで、自分を慰める行為だけでは満足できなくなってしまったらしい。

そんな心情を察すると、ひとまずこの幼馴染みのやりたいようにさせたい、という気分になり、輝樹はこうして快感に身を委ねているのだった。

「んむ、んむ……ぷはっ。レロ、レロ……」

肉棒の四分の三ほどまで含んでストロークをしていた麻里奈が、ペニスを口から出した。そして、今度は愛おしそうに竿を舐めだす。

もちろん、まだ舌使いはぎこちないが、前回と違って自ら積極的に奉仕しているぶん、彼女の成長が窺《うかが》える。

「麻里姉ちゃん、フェラにずいぶん慣れたね？」

「ふはっ。ま、まあね。その、あのあと、やっぱり上手にできなかったのが悔しくて、バナナとかで自習したから……」

どうやら、二歳上の幼馴染みは初体験後にフェラチオのおさらいをしていたらしい。負けず嫌いの麻里奈らしいと言えばそのとおりだし、また同時に彼女の想いの深さも伝わってくる気がする。

「んっ。レロロ、チロ、ピチャ、ピチャ……」

彼女が陰茎を持ち上げ、裏筋を舐め上げだす。

「うあっ。それっ、いいっ」

鮮烈な快感に、輝樹は思わずそう声を漏らしていた。

「ピチャ、ピチャ……んっ。輝樹ぃ、もっとあたしの口で、気持ちよくなってぇ。あむっ。んむ、んむ……」

と、麻里奈が再び一物を咥え込んでストロークを始める。

もちろん、まだ志保ほど深く咥えられるわけではないが、前回と比べれば雲泥の差と言っていいだろう。

「んんっ、んっ……んむむっ……んぐっ、んっ……んむうぅっ……」

輝樹が口内奉仕の心地よさに浸っていると、急に彼女の動きが乱れだした。

（どうしたんだろう？）

と、疑問を抱いて彼女を見下ろした輝樹は、目を丸くして絶句していた。

何しろ、麻里奈はストロークを続けながら、空いている手を下着の奥に突っこみ、モゾモゾと動かしていたのである。当然、その指の位置は彼女の秘部にあり、何をしているのかはじかに見えなくても一目瞭然だ。

どうやら、股間からの快感で動きが乱れてしまったらしい。

（麻里姉ちゃんが、フェラをしながらオナニーを……こんなこと、俺は教えていないのに）

輝樹は、そんな驚きを抱かずにはいられなかった。

おそらく、これも彼女の自習の成果なのだろう。

（くうっ。動きが不規則に乱れるせいで、チ×ポがすごく刺激される！）

これに似た快感は、志保とシックスナインをしたときにも経験している。だが、女性の自慰でストロークのリズムが乱れて生じる心地よさは、またひと味違うものに思えてならない。

そうして、ぎこちなさを打ち消すような性電気が分身からもたらされると、こちらもいつまでも我慢をしていられなくなってしまう。

「ううっ。麻里姉ちゃん、僕そろそろ……」

射精の危機を抱いた輝樹がそう口にすると、二歳上の幼馴染みが股間を弄る手を止め、いったん一物を口から出した。

「ぷはあっ。はぁ、はぁ、いつイッてもいいよ、輝樹ぃ。今回は、口に出してぇ」

そう言うと、彼女はまた陰茎を咥え込んで、ストロークを再開した。

しかし、今度は小刻みで素早い動きに切り替えている。

(驚いたな。まさか、麻里姉ちゃんが自分から口内射精を求めるなんて)

まだ二度目だというのに、ここまで積極的になれるのは、やはり麻里奈の性格故だろうか？　あるいは、一度セックスを経験したことによって、彼女の中の欲望が暴走しているのだろうか？

いずれにせよ、このようにされては我慢などできるはずがない。

「くうっ！　麻里姉ちゃん、出すよ！　ううぅっ！」

と訴えるなり、輝樹は彼女の口の中にスペルマを解き放っていた。

「んんんんんっ!!」

ペニスを咥えたまま、麻里奈が動きを止め、目を丸くしてくぐもった声をあげる。顔射の経験はあるので覚悟はしていたのだろうが、口内での射精の勢いに彼女が驚いているのが、その表情などから伝わってくる。

それでも彼女は、肉棒を口から離そうとはしなかった。おかげで、口元から白濁液が筋を伝って垂れてくる。その様子が、なんとも淫靡に思えてならない。

そうして長い射精が終わると、二歳上の幼馴染みがようやく一物を口から出した。

「ふああ……麻里姉ちゃん、吐き出してもいいんだよ?」

と、輝樹が余韻に浸りながら声をかけると、彼女は口に精を残したまま小さく首を横に振った。そして、「んっ……んっ……」と声を漏らしながらスペルマを飲みだす。

ただ、志保も精飲をしてくれたが、麻里奈は年上の幼馴染みと比べるとやや苦しそうな表情で、いささか飲みにくそうにしている。

それでも二歳上の幼馴染みは、精を飲み続けた。

「ん……ふはあっ。すごく濃いので、口がいっぱいになってぇ。口の中であんなに粘つくなんて、さすがに思わなかったよぉ」

口内の精をようやく処理し終えると、麻里奈がそんなことを言う。

やはり、精液の粘つきに戸惑っていたらしい。

それでも彼女は、すぐに輝樹の股間に改めて目を向け、

「ああ、チ×チン、まだおっきい。なんだか、すぐに欲しくなっちゃったぁ」

と、目を潤ませながら言った。

実際、自分で弄っていたせいもあるのか、ショーツの股間部分には大きなシミができており、挿入の準備が整っていることが伝わってくる。

「じゃあ、麻里姉ちゃん？　今日は、このまま僕にまたがって、自分でチ×ポを挿れてくれる？」

「ええっ!?　じ、自分で？　……うん、分かった」

こちらのリクエストに、麻里奈は困惑の表情を見せながらも、首を縦に振った。

そして、彼女はブラジャーを外し、ショーツを脱いで生まれたままの姿になると、輝樹にまたがってきた。

ただ、さすがにその表情は固く強張っている。

輝樹自身もそうだったが、自ら挿入するということに、相手にされるのとは違う緊張感を覚えているのだろう。

それに、対面座位なので互いの顔がすぐ近くにあり、恥ずかしさをより強く感じて

いるのかもしれない。

それでも彼女は、意を決したように肉棒を握り、自身の秘部と位置を合わせた。

そして、やや躊躇してから腰を沈める。

「んはああっ！　入ってきたぁ！」

挿入と同時に、麻里奈が甲高い声をあげる。

「ちょっと、そんな大声を出したらマズイって」

輝樹は、思わずそう注意していた。

ラブホテルと違い、ここは普通のマンションである。隣や上に住人がいたら、声を聞かれてしまうかもしれない。その場合、彼女がここにいづらくなる可能性がある。

麻里奈も、そのことに気付いたらしく、

「んんんっ！　んん……！」

と、今度は唇を嚙《か》みしめ、声を殺しながら挿入を続ける。

そうして、とうとう腰を降ろしきると、二歳上の幼馴染みは輝樹に抱きつくように身体を預けてきた。

「んはあ。はぁ、はぁ……輝樹のチ×チン、全部入ったぁ。自分で、チ×チンを挿れちゃったよぉ」

囁くようにそんなことを口にする彼女が、なんとも愛らしく思えてならない。

「麻里姉ちゃん、腰を動かしてみて。あ、声は我慢してよね？」

「えっ？　あっ、うん。分かったぁ」

こちらのリクエストに、麻里奈が困惑の表情を浮かべながら頷く。そして、膝のクッションを使って動きだした。

「んっ、あっ、やんっ！　ふあっ、声っ、あんっ、出ちゃう！　んんんっ……！」

動きだすなり、やや甲高い声をあげて、彼女はすぐに輝樹のシャツの肩にかぶりついた。

「んんっ！　んっ、んっ、んっ、んむっ……！」

そうして、声を殺しながら二歳上の幼馴染みがぎこちない抽送を続ける。

（シャツの肩が、涎《よだれ》で汚れちゃうな）

とは思ったものの、ジャケットを着てきたので帰り道は気にする必要もあるまい。

また、明日の午前中にゆかりが来る頃には唾液も乾いているだろうから、布地に歯形でもつかない限り洗濯時にバレる心配もないだろう。

（それにしても、麻里姉ちゃんの動きはぎこちないままだ。これは、やっぱりあれが原因だよなぁ）

次第に、彼女の動きに不満を抱きだして、輝樹は口を開くことにした。

「麻里姉ちゃん、腰を持ち上げることはあんまり考えないで。下ろすことだけ考えて動いたほうがいいよ」

そのアドバイスは、輝樹が志保から受けたことと同じである。

実際、二歳上の幼馴染みの腰使いが拙《つたな》いのは、彼女が上下動を意識するあまり腰を無理に持ち上げているせいなのは、同じ失敗の経験があるので容易に理解できた。

「んっ、んっ……んんっ、んっ、んっ……」

こちらの指示を受けて、麻里奈がシャツを噛んだまま動きを切り替える。

すると、やはり抽送がややスムーズになる。

「んっ、んっ、んんっ……！　んむっ、んんっ、んんんっ……！」

コツが摑めてきたらしく、次第に彼女の動きが早くなってきた。それに合わせて、くぐもった喘ぎ声もリズミカルになる。

そんな彼女を見て、ぬくもりを全身で感じていると、こちらもジッとしているのが辛くなってくる。

「僕も動くよ？」

そう声をかけると、輝樹は相手の返事も訊かずに、ベッドの弾力を利用して突き上げを開始した。

「んあっ！　あんっ、それぇ！　んんっ！　んっ、んっ、んっ……！」

子宮を突き上げられた衝撃を我慢できなかったらしく、麻里奈が口を離してのけ反り、甲高い声をあげた。しかし、すぐにまたシャツの肩にかぶりついて、どうにか声を殺し、なおも腰を振り続ける。

そうしていると、やがて二人の動きがシンクロしてきて、快感も一気に増大した。

同時に、動きが重なったことでベッドがギシギシと音を立てる。

(麻里姉ちゃんの部屋が、一階でよかった)

しみじみと、そんなことを思わずにはいられない。

このマンションの構造から考えて、上の階だったらおそらくベッドの振動が下に伝わっていたはずだ。その場合、下の階に住人がいたら何をしているか、容易に想像できてしまうだろう。

そんなことを考えながら、結合部からもたらされる心地よさに夢中になっていると、いよいよ射精感が込み上げてきた。

「麻里姉ちゃん、僕そろそろ……」

「んんっ。んっ、んんっ……！」

そう声をかけると、彼女は腰を動かしながら呻くように喘ぎ、いっそう強くしがみついてきた。

言葉にはなっていないが、この態度で幼馴染みが何を求めているかは容易に想像がつく。

(また、麻里姉ちゃんに中出し……)

そう思うと、さすがに気後れは感じる。しかし、ここまでしておいて今さら行為をやめることなどできるはずがなかった。

(こうなりゃ、覚悟を決めてやるしかない！)

そう開き直った輝樹は、突き上げを強めた。

「んんーっ！　んんんっ、んっ、んっ、んっ……！」

麻里奈のくぐもった喘ぎ声が、あからさまに切羽詰まってきて、まだキツさが先行している膣肉の収縮がいっそう増す。

その刺激が、輝樹に限界をもたらした。

「くうっ！　もう無理！　出る！」

と口走るなり、輝樹は幼馴染みの中に出来たての精を注ぎ込んだ。

「んんんんんんっ!!」

同時に、麻里奈が肩を噛んだまま絶頂の声をこぼし、全身を強張らせる。

そうして、射精が終わるとその身体から力が抜けていき、彼女はようやく肩から口を離した。

「ふはああ……あたしの中にぃ、はぁ、はぁ……輝樹の熱いのがいっぱぁい。一緒にイケて、幸せだよぉ」

なんとも幸福そうに、そんなことを口にした幼馴染みに対し、輝樹は何も言葉をかけられなかった。

3

「ああっ、輝くぅん！　はうっ、それっ、あんっ、いいっ！」

抽送に合わせて、ベッドに両手をつき、四つん這いになってバックから貫かれている志保が甲高い声をあげる。

その日、輝樹は就業時間中にも拘《かか》わらず、彼女に呼ばれてまたマンションを訪れていた。そして、求められるまま行為に雪崩《なだ》れ込んだのだった。

会社には、「外回りに出る」と言って外出したので、あまり時間がない。そこで、早々に挿入したのだが、志保が事前に自慰で準備を整えていてくれたので、前戯の時間をあらかた省《はぶ》くことができた。そのため、こうして早々に本番行為を愉しめている次第である。

このところ、輝樹は五歳上の幼馴染みと、数日おきにこうして情事に耽《ふけ》っていた。最初の頃は彼女の夫への罪悪感もあったが、回数を重ねるうちにすっかり慣れてしまった。今では、「就業時間中にセックスをしている」ということ以外、後ろめたさをほとんど感じなくなっている。

そもそも、彼女の夫が妻を邪険《じやけん》にしていなければ、こんなことにならなかったはずなのだ。つまり、輝樹と志保の関係は、彼にも大きな原因があると言える。そう考えると、顔も知らない男に申し訳なさも感じにくい。

「あんっ、いいぃぃ！　これっ、んはっ、輝くんのっ、はうっ、チ×チン！　あふっ、気持ちいいのぉ！　あっ、あんっ、はううんっ……！」

志保が、年下の幼馴染みに貫かれて歓喜の喘ぎ声をあげる。彼女もまた、ここ数年で溜まりに溜まった性欲を発散できている悦びに支配されているらしく、その様子からは不倫の罪悪感など微塵《みじん》も感じられない。

「ああっ、輝くん！　もうイクッ！　わたしっ、はあっ、もう……一緒っ、あんっ、一緒にぃ！」

「うん。僕も、そろそろ出そうだよ」

志保の訴えにそう応じた輝樹は、ラストスパートとばかりに腰の動きを速めるのだった。

このように、幼馴染み人妻との関係は深まる一方だったが、輝樹が関係を継続しているのは彼女だけではない。

翌日の就業時間後。

その日、輝樹は報告書の提出に間に合わず、定時後のオフィスに残って作業を続けていた。

本来、派遣社員や取引先との折衝以外での残業は、あまりいい顔をされない。だが、この報告書は明日の朝一番で支社長に提出しなくてはならず、どうしても今日中に終わらせる必要があったのである。

そのため、輝樹は誰もいなくなったオフィスで一人、黙々と報告書作りをしていた。

いや、そのはずだった。

「んっ……んぐ、んぐ、じゅぶる……」

「くうっ。ま、麻里姉ちゃん、そんなことされたら……ううっ、仕事ができない、は

うう っ！」

下半身からもたらされる性電気を堪えきれず、輝樹はそう訴えていた。

何しろ、机の下に潜り込んだ麻里奈が、ズボンのファスナーを開けて陰茎を取り出し、パックリと咥え込んでストロークをしているのである。

彼女は、輝樹が残業すると分かるや、「あたしは指導係だし、提出前に報告書をチェックしてあげる」と自分はサービス残業をすることにした。

ところが、そうして二人きりになるや、机の下に潜り込んで奉仕をしだしたのだ。

「ふはあっ。ちょっと休憩よ。色々スッキリさせたほうが、きっと効率も上がるって」

そう言って、彼女は輝樹が反論を口にするより早く再び亀頭を舐め回す。

「レロ、レロ……ピチャ、ピチャ……」

(くううっ。麻里姉ちゃんも三日ぶりだからか、なんかスイッチが入っちゃった感じだな)

ちなみに、報告書が遅れてしまったのは、文章を書くのが苦手で作成に手間取っていたこともあるが、幼馴染みたちとの情事に時間を取られ過ぎたのが大きい。何しろ、まだ仕事に慣れきっていないこともあって、交互に二人の相手をしているうちにペース配分が狂い、時間がなくなってしまったのである。つまり、麻里奈にも責任の一端がないとは言い切れないのだ。

だが、こうなってしまった以上、まずは彼女を満足させて、それから仕事をするのが一番手っ取り早い気もする。

それに、ここまで昂ってしまうと、今さら行為を中断されても蛇の生殺しにしかならない。

とにかく、昨日の昼間に志保の中に精をタップリ出したのだが、こうして二歳上の幼馴染みから奉仕を受けると、いくらでも性欲が湧き上がってくる気がした。

ましてや、いつも仕事をしているオフィス内での情事なのである。もしも、誰かに見つかったら大変なことになるが、その背徳感が興奮を煽ってやまなかった。

「くうっ。それにしても、麻里姉ちゃん、すっかりフェラ好きになったね？」

「レロロ……だってぇ、輝樹のチ×チンなんだもぉん。それに、言っておくけど輝樹の以外は、これっぽっちも興味ないんだからねっ」

こちらの指摘に対して、ペニスから口を離した麻里奈がそう応じる。

このように言われて、いい気分にならない男は、おそらくこの世に存在しないだろう。

輝樹も、彼女の今の言葉で行為を止めようという気持ちが、完全に消え失せるのを感じていた。

「じゃあ、続けて」

「うんっ。あむっ。んっ、んっ、んむっ……！」

また肉茎を咥え込んだ麻里奈が、積極的なストロークを行なう。

輝樹は、彼女とも暇があれば身体を重ねていた。おかげで、つい数週間前まで処女だった二歳上の幼馴染みも、今やすっかりフェラチオやセックスに慣れてしまった感がある。

「ううっ。麻里姉ちゃん。僕、そろそろ……」

「んぐ、んぐ……ふはっ。いいよ。あたしの口に、またいっぱい出してぇ」

いったん口を離してそう応じると、彼女は再びペニスを咥えて、今度は早めのストロークをしだす。

「ああっ、これっ。ううっ、マジで……くうっ！」

輝樹は高まる射精感を抑えきれず、彼女の口内にスペルマを注ぎ込んでいた。

4

日曜日の夕方前、輝樹はいつもと違って遅めに夕飯の準備をしにきた兄嫁を、ソファに座ってボーッと眺めていた。

普段、ゆかりは午前中から来ることが多いが、今日は近所の主婦友達と、県庁所在地で県内最大の都市でもあるN市へ買い物に行っていたため、来訪が遅くなったのである。

もっとも、昨日のうちにその話は聞いていたので、こちらとしては特に言うべきことはない。むしろ、友人を家に送り届けたあと、こうしてわざわざ食事を作りに寄ってくれたことが、申し訳ないくらいだ。もちろん、彼女は「わたしの分も一緒に作っちゃうから」とにこやかに言って、気にする様子はまったく見せなかったのだが。

ただ、兄嫁の姿を見ているうちに、輝樹の中には自然にムラムラとした欲望が湧き上がってきた。

何しろ、このところ二人の幼馴染みと、ほぼ毎日のように関係を持っていたのである。そのため、何もない日がなんとも物足りなく思えてならないのだ。

そして、そんなことを思うと、すぐ近くにいる爆乳兄嫁に自然と目が行ってしまう。

(義姉さん、いつもよりしっかりお化粧していて、服もお洒落で綺麗だなぁ)

普段、土日の来訪時のゆかりは化粧も最低限で、格好も動きやすさを優先している。少し気合いが入っていたのは、輝樹の歓迎会のときくらいだ。

しかし今は、化粧はもちろんのこと、お洒落なデザインの長袖のワンピースを着用しており、いかにもお出かけしていました、という格好をしている。ちなみに、外では上に薄手のダウンコートを着ていたのだが、室内ではそれを脱いでいるためやや薄着に見える。

いくら友人との買い物とはいえ、やはり地元から離れるとなれば多少気合いを入れておめかしするのは、女性の性《さが》なのだろうか？

(それに、やっぱり義姉さんはエロい身体をしている)

調理の邪魔にならないよう、長い髪を後ろで結わえたゆかりは今、ワンピースの上からエプロンを着用している。しかし、それでも彼女のバストの存在感は隠しきれておらず、動くたびに大きな胸が揺れるのだ。

そして、生の女体を知ったが故に、輝樹は志保以上の爆乳の手触りがどんなものか、兄嫁の喘ぎ声がどんな感じなのか、膣の感触がどうなっているのか、といったことが前にも増して気になって仕方がなかった。

だが、ゆかりに手を出したらそのあとどういうことになるか、想像すると恐ろしくなる。何より、彼女に嫌われて今の良好な関係が壊れてしまうのが怖い。

そんな欲望と理性の板挟みに遭い、輝樹の心は激しく揺れ動いていた。

できれば、また適当な理由をつけて外出したかったが、夕方の今から「映画を観に行く」というのは、さすがに無理がある。かと言って、兄嫁が来ているのに部屋にこもってネット動画を見ているのも、あからさまに避けているようになってしまうので、なんとなく気が引ける。

（はぁ。俺は、いったいどうしたらいいんだろう？　せめて昨日か今日、志保姉ちゃんか麻里姉ちゃんと会えたらよかったのに。そうしたら、このムラムラした気持ちを発散できたんだけどな）

この土日、志保は夫と共に彼の実家へ行っており、麻里奈も法事で名古屋の実家に戻っており、せっかくの休日だというのに会えなかった。

麻里奈はともかく、志保は夫の実家でも肩身の狭い思いをしているのではないだろうか？　それとも、夫婦の不仲が露見しないように、上手く取り繕《つくろ》っているのだろうか？

ついつい、そんな心配が脳裏をよぎる。

(まぁ、俺が心配しても仕方がないんだけど)

と、輝樹は内心で肩をすくめた。

しかし、そうして二人の幼馴染みのことを考えると、その肉体の感触が自然に甦《よみがえ》ってきて、いちだんと性欲が高まってしまう。

(……ヤバイな。これ、一発抜かないと収まらないかも)

という焦りが、心に湧いてきた。

しかし、だからと言って兄嫁がいるのに部屋で自慰に励むのは気後れする。

まさに八方塞《はっぽうふさ》がりで、にっちもさっちもいかない気持ちは、時間が経つにつれてどんどんと強まっていった。

気を紛らわそうと、テレビをつけてバラエティ番組を見始めたが、内容がまったく頭に入ってこない。

「輝樹くん、やっぱりなんだか様子が変ねぇ？」

不意に、傍らからゆかりの声がした。

反射的に目を向けると、いつの間にかこちらに来ていた兄嫁が、ズイッと顔を近づけて心配そうに見つめていた。

「うわっ。ね、義姉さん？」

その距離の近さに、輝樹はさすがに驚きの声をあげてしまう。

「ねえ？　ずっと訊くのを控えていたんだけど、本当に最近どうしたのぉ？　何か悩みごとがあるなら、遠慮なく言ってちょうだぁい？　わたしにできることならぁ、協力してあげるからぁ」

と、ゆかりがいつものおっとりした口調で、しかし心配そうに訊いてくる。

「べ、別に何も……」

「嘘ばっかりぃ。茂さんにも、『弟の面倒を頼む』って言われているしぃ、わたしも義姉《あね》としての務めをちゃんと果たしたいのぉ。ねえ、なんでも言ってちょうだぁい」

そう言って、正面に回り込んだゆかりが前屈みになり、顔をさらに近づけてきた。

どうやら、彼女はこのところ義弟の様子がおかしいことに気付いて、足繁く通ってくれていたらしい。それは、ありがたい話だと思う。

しかし、前屈みのアングルになられると当然、輝樹の位置からは彼女のふくよかなバストがますます目に入りやすくなる。

もちろん、ワンピースのデザイン上、胸が見えるわけではない。だが、ただでさえ存在感のある二つのふくらみが、重力によっていっそうボリュームが増すのである。

（ね、義姉さんがこんなに近く……ううっ、さすがにもう我慢できない！）

童貞の頃なら、この状況に恥ずかしくて目をそらすか、なんとかこの場を逃げだすかしていたかもしれない。しかし、ここ最近二人の幼馴染みの肉体を毎日のように貪り、女体の心地よさを味わい続けていた牡には、もはや童貞のような行動を取ることなどできるはずがなかった。

欲望に負けた輝樹は、素早く手を伸ばすと兄嫁を抱き寄せた。そして、そのまま彼女に唇を重ねる。

義弟の突然の行動によほど驚いたらしく、ゆかりが「んんっ!?」とくぐもった声をあげる。しかし、目を大きく見開いたものの、突き放そうとはしない。おそらく、反射的にそんなことができないくらい、動揺しているのだろう。

輝樹は体を入れ替えると、彼女をソファに押し倒した。

「ぷはあっ。て、輝樹くん!?　いったい、何を……」

唇が離れると、ゆかりが戸惑いと驚きが入り混じった声をあげる。

「義姉さん、僕とエッチしてよ！」

「えっ？　ええっ!?　な、何を言っているの？　そんなこと、できるはずがないじゃないの!?」

「たった今、自分にできることなら協力するって言ったよね？」

「そ、そうだけどぉ、それは輝樹くんと志保さんや麻里奈さんとの間に何かあったなら、わたしが二人とお話ししてもって意味で……」

兄嫁が、慌てふためいた様子で応じる。

どうやらゆかりは、義弟が幼馴染みたちとの関係に悩んでいる、と思っていたらしい。もちろん、それはある意味で正しい見立てなのだが、さすがに彼女も既に輝樹が二人と深い仲になっているとは想像していないようだ。

「僕は、義姉さんの……ゆかりさんのオッパイに触りたい。ゆかりさんと、エッチしたくてたまらないんだ！」

「ええっ!?　そ、そんなにわたしとぉ……？」

輝樹が懸命に訴えると、怯えたような顔をしていたゆかりが困惑の表情を浮かべた。

それから、彼女は考え込む素振りを見せて、やや間を置いて口を開く。

「……ねえ？　わたし、義姉と言っても輝樹くんより十一歳も上なのよぉ？　そんなおばさんと、本当にエッチしたいのぉ？」

「僕は、年上の女性が好きなんだよ。それに、ゆかりさんは美人でスタイルもいいし、もう見ているだけなんて我慢できないんだ！」

ためらう義姉に対して、輝樹は自分の思いの丈《たけ》をぶつけていた。

これで拒まれたら、綺麗さっぱり諦めて謝罪するしかあるまい。

だが、彼女は即座に首を横に振ろうとはせず、何やら悩む様子を見せていた。そして、しばらく考え込んでから、

「うう……わ、分かったわぁ。誰にも言わないって約束をしてくれるなら、そのぉ、一回だけ……わたしを好きにしていいわよぉ」

と、消え入りそうな声で根負けしたように言う。

兄嫁は、もともと世話好きで優しい性格をしている。義弟が性欲を募らせているのを知って、さすがに放っておけないと考えたのかもしれない。

ただ、どんな理由であれ、彼女の同意を得られたのだ。それによって、輝樹は自分の中で抑えていた欲望が、一気にふくれあがるのを感じていた。

5

（うわぁ。やっぱり、すごい迫力だな）

輝樹は、ワンピースを脱いでベージュの下着を晒《さら》してソファに座った兄嫁の姿に、

ついつい見とれていた。

分かっていたことだが、彼女のバストは志保よりも存在感があり、じかに見ると服の上から見るよりもいっそう煽情的に思える。そして、ウエスト周りは少しふくよかだが、胸の大きさのぶん肉感的である。それに、ヒップも大きいので充分に魅力的だ。

また、ゆかりは恥ずかしそうに顔を背けているが、そんな態度や表情も牡の劣情を煽ってやまない。

どうにも気持ちを抑えられなくなった輝樹は、正面から顔を近づけて再び彼女に唇を重ねようとした。

「あっ。だから、キスは駄目。それだけは、お願いだから」

と、兄嫁が懇願してくる。

既に一度しているので、もうどうでもいいのではないか、と輝樹などは思うのだが、彼女にとっては不意打ちで唇を奪われたことと自分で許すのは、まったく別問題なのだろう。

（セックスを許してくれたのに、キスをさせてくれないっていうのは、なんか変な感じなんだけど……）

もっとも、口づけは互いの顔の距離がゼロになるのだ。それを心の距離とイコールのように感じて、下半身が繋がることより気にしているのかもしれない。

キスを諦めた輝樹は、義姉の背中に手を回した。そして、ホックを外してブラジャーをたくし上げる。

すると、ゆかりが手を動かしてくれたので、合わせて肩紐を抜き、ブラジャーを取り去った。

そうして露わになった兄嫁の乳房は、支えを失うとさすがにやや重力に負けている感じはあった。とはいえ、それでも充分すぎるくらいに魅惑的ではある。

輝樹は生唾を飲み込みながら、爆乳に両手を伸ばした。そして、手に収まりきらない大きさのふくらみを鷲摑みにする。

途端に、ゆかりが「んあっ」と声を漏らし、身体を強張らせた。やはり、義弟とはいえ夫以外の男にバストを触られたことに緊張しているのだろう。

それでも輝樹は、構わず指に力を入れて、乳房を優しく揉みしだきだした。

「んっ……あっ、はんっ。輝樹くんの手、んあっ、わたしのっ、んんっ、オッパイをぉ……あんっ、ふはあっ……」

愛撫に合わせて、兄嫁が喘ぎ声混じりにそんなことを口にする。

一方の輝樹は、憧れの女性のふくらみに初めて触れている悦びで、胸が熱くなるのを抑えられずにいた。

（ああ、これが義姉さん……ゆかりさんのオッパイか。志保姉ちゃんのより柔らかいけど、弾力がしっかりあってすごくいい手触りだ）

この爆乳を自分のモノにしている兄のことが、羨ましくもあり、また妬《ねた》ましくも思えてならない。

すると、自然に指に力がこもってしまう。

「んあっ、あっ、それぇ！　んっ、はあんっ……！」

こちらの手の動きに合わせて、ゆかりの喘ぎ声もいちだんと大きくなる。

いささか乱暴かと思ったが、その頬が紅潮し、乳首も屹立し始めているところから見て、彼女が快感を得ているのは間違いなさそうだ。

（もっと、ゆかりさんの喘ぐ声を聞きたい）

そんな思いが湧いてきて、輝樹は片手を離してふくらみに顔を近づけた。そして、存在感を増した突起を口に含む。

すると、ゆかりが「ひゃうんっ」と素っ頓狂な声をあげ、おとがいを反らした。

しかし輝樹は、そのままチュバチュバと音を立てて乳首を吸いつつ、乳頭を舌で弄りだした。

「ああっ、そんっ……ひゃうっ！　あんっ、そっ、それっ、んあっ、ああっ……！」

兄嫁の喘ぎ声のトーンが跳ね上がり、声も大きくなる。

その反応を見ながら、輝樹は口での愛撫を続けたまま胸に当てたままの手も動かしだした。

「ふあっ、両方っ？　あんっ、そんっ、ひゃっ、ダメぇ！　ああっ、気持ちよくっ、はあっ、なったらぁ！　ああっ、はうっ……！」

ゆかりが顔を左右に振りながら、喘ぎ声をこぼし続ける。なんとか快感をいなそうとしているようだが、まったくできていないのがこちらにも伝わってくる。

そんな様子にいっそうの興奮を覚えながら、輝樹は空いている手を彼女の股間に這わせた。

すると、ショーツ越しながらも指に蜜がクチュリと絡みつき、兄嫁が「んはあっ！」と声をあげておとがいを反らす。

「ゆかりさん、もうけっこう濡れているね？」

「ああ、恥ずかしいわぁ……でもぉ、こんなことされたの久しぶりだからぁ」

指摘に対して、ゆかりが顔を背けながら消え入りそうな声で応じる。

どうやら、茂が単身赴任したことで、彼女も欲求不満になっていたようだ。輝樹の求めをあまり強く拒まなかったのも、それが原因だったのかもしれない。

（だったら、もっと気持ちよくなってもらわなきゃ）

そんな使命感が湧いてきて、輝樹はいったん彼女から身体を離した。

「腰を持ち上げて」

その指示に、ゆかりが「え、ええ」と応じて素直に自分の腰を浮かせる。そこで輝樹は、ショーツを一気に引き下げて足から抜いた。

そうして、下着を床に置くと、輝樹は露わになった彼女の恥部に目を奪われた。

（これが、ゆかりさんのオマ×コ……）

既に、二人の幼馴染みの秘部は見慣れているが、憧れの兄嫁のそこを見たのは初めてである。

整った恥毛に覆われた彼女の秘裂は、さすがに麻里奈ほどしっかり口を閉じていないが、志保よりは経験がなさそうにも見える。

「……も、もう。そんなところぉ、ジロジロ見ないでよぉ」

と、ゆかりがなんとも恥ずかしそうに訴えてくる。だが、そんな態度がなんとも初々しく思えてならない。

もっとも、義弟とはいえ夫以外の男に秘部を見られているのだから、羞恥心があるのは当然なのかもしれないが。

輝樹は、欲望のまま彼女の脚を広げて、股間に顔を近づけた。

「えっ？　ちょっと、輝樹くん!?」

クンニリングスをされるとは思っていなかったのか、ゆかりが目を丸くして困惑の声をあげる。

しかし、輝樹は構わず蜜を湛《たた》えた秘裂に舌を這わせた。

「レロ、レロ……」

「きゃふぅぅん！　そっ、そこっ、はううっ、舌ぁ！　ああっ、ひうっ、あんっ、ひゃうっ……！」

筋に沿って舌を動かすと、それに合わせて兄嫁がおとがいを反らしながら喘ぐ。

そうして秘部を舐めていると、すぐに新たな愛液が割れ目から溢れ出してきた。やはり、他人による愛撫自体が久しぶりなので、彼女も興奮しているらしい。

輝樹は両手の指で秘裂を割り開き、内側の媚肉を露わにした。

(けっこう綺麗な色だな。志保姉ちゃんよりも、麻里姉ちゃんのオマ×コに近い感じだ。ということは、ゆかりさんってエッチの経験が意外に少ないのか？)

そんなことを考えながら、輝樹は蜜で濡れ光る肉襞に舌を這わせた。

「ジュル、レロロ……ピチャ、ピチャ……」

「ひあうっ！　そこっ、あうっ、そんなっ、ああっ、激しっ！　ひいっ、こんなのっ、はううっ、激しいのっ、はううっ、初めてぇ！　ああんっ、きゃふうっ……！」

愛液を舐め取るように舌を動かすと、彼女がたちまち身体を震わせてそんなことを口にした。

（激しいのが初めて？　兄ちゃん、クンニ自体はしていたけど、よほど優しく舐めていたのか？）

真面目で柔和な兄の性格から考えて、この予想は間違っていまい。

もちろん、女性に気を使って優しくするのはいいことである。しかし、愛撫やセックスに関してはそれが裏目に出ることがあるのを、輝樹は二人の幼馴染みとの経験で学んでいた。

（だったら、ゆかりさんにも激しくされるよさを教えてあげなきゃ）

そんな思いで、輝樹は存在感を増してきた肉豆に舌を這わせた。

「ひゃいいっ！　そっ、そこっ、ああーっ！　やっ、はうっ、ダメぇ！　ひぐっ、ビリビリってぇ！　ああっ、感じすぎっ、ひううっ、おかしくなるぅ！　あひっ、ひはあっ……！」

兄嫁が甲高い声をあげ、天を仰いでひたすら喘ぐ。

それでも輝樹は、構わずにクリトリスを舐め続けた。

「ひうっ、やっ、ああっ、ダメってぇ！　はあっ、来るぅ！　ああっ、何かっ、きゃふうっ、来ちゃうのぉ！　んはあああぁぁぁぁぁぁぁ!!」

不意に、ゆかりが身体を強張らせて絶叫した。

それと同時に、蜜がプシュッと噴き出sして口元を濡らして床にこぼれ落ちる。

あまりにも突然のことだったため、彼女が潮吹きをしたのだと輝樹が気付くまで、いささか時間を要した。

「んあああ……何、これぇ？　こんなの、初めてぇぇ……」

エクスタシーが収まったらしく、グッタリと弛緩《しかん》したゆかりが放心したように言う。

どうやら、潮を吹くほど感じた経験が、今までなかったらしい。

(ううっ。こっちも、もう辛抱たまらん！)

潮を顔に浴びて興奮がいっそう高まった輝樹は、欲望のまま立ち上がった。そして、シャツを脱ぎ、ズボンとパンツも脱ぎ捨てて全裸になる。

「きゃっ、そんなに大きくぅ……？」

こちらを見たゆかりが、目を丸くしながらそんなことを言う。しかし、その初々しすぎる反応に、輝樹は違和感を抱いていた。

「ゆかりさん、兄ちゃんのチ×ポを見ているでしょ？」

「そ、そうだけどぉ、茂さんのはそこまで太くて大きくないしぃ……わたし、茂さん以外のオチ×チンを見たの、初めてだからぁ……」

輝樹の指摘に対して、兄嫁がためらいがちに応じる。

(そういえば兄ちゃんから、ゆかりさんは小学校から大学まで女子校だったって聞いたことがあるなぁ)

そのせいで、彼女は男女交際の経験をしないまま、社会人になったらしい。

もっとも、美貌と爆乳のせいでアプローチをかけてくる男は数多《あまた》いたが、そういう人間の目つきが怖くて、ことごとく断っていたそうだ。

そんな中で、茂とは職場の先輩と後輩という立場で出会ったのである。

茂は、一年先輩のゆかりに一目惚れし、懸命なアプローチを続けた。やがて、その真剣で真摯《しんし》な姿勢に惹かれた彼女は、ようやく心を開いて交際を了承したらしい。

なるほど、そういうことであれば比較対象が夫以外にいないのも当然だし、この反応も納得がいく。

同時に、自分のペニスが兄より大きいという事実を知って、少しだけ優越感が湧いてくる。

十歳の年齢差があるので、輝樹も茂に対してそこまで強いコンプレックスは抱いていなかった。だが、高校は県内トップの進学校、大学も国内上位に数えられるところに進学し、超有名企業に就職して、ゆかりほどの美女を嫁に迎えた兄にまったく劣等感を持つな、と言うほうが無理だろう。

そのため、すべてにおいて茂に勝《まさ》るところなどない、と半ば諦めの境地にあったのだが、肉体的なこととはいえ勝てるものがあったのは自信に繋がる気がした。

(だけど、さすがにこのまま挿入したら、あっという間に射精しちゃうな)

憧れの兄嫁を愛撫していた興奮で、輝樹の一物は今にも先走り汁が出そうなほどいきり立っていた。こんな状態で膣の感触を味わったらどうなるか、容易に見当がつく。

そこで輝樹は、彼女に向き直った。

「あのさ、ゆかりさんも僕のチ×ポにしてくれない?」

「えっ？　あっ……う、うん、いいわよぉ」

こちらのリクエストに、戸惑いの表情を浮かべながら応じて、義姉がソファから降りて輝樹の前に跪《ひざまず》いた。さすがに、彼女も言葉の意味が分からないほど鈍感ではなかったらしい。

「ああ、本当に大きい……」

屹立したペニスに顔を近づけ、そう独りごちるように言うと、ゆかりは恐る恐る手を伸ばしてきた。そして、竿を控えめに握ると、そのまま手を動かしだす。

途端に、一物からなんとも言えない快感がもたらされた。

（くっ。志保姉ちゃんと麻里姉ちゃんとしてなかったら、声を出していたかも）

そんな危機感はあったが、ひとまず声を漏らすのだけは堪える。

こちらの反応を知ってか知らずか、兄嫁はペニスを凝視したまま遠慮がちに竿をしごき続けていた。

その手つきは、まるで初めて肉棒を握ったときの麻里奈を彷彿《ほうふつ》とさせる。とはいえ、それが夫以外のモノを握っている罪悪感のせいなのか、あるいは茂よりも太くて大きい肉棒を握ることへの戸惑いのせいなのかは、表情を見ていても見当がつかない。

（まぁ、どっちにしても、ゆかりさんが俺のチ×ポをしごいているんだ。ああ、なんだか本当に夢みたいだな）

輝樹のほうは、分身からもたらされる心地よさに浸りながら、そんな感慨に耽っていた。

二人の幼馴染みと深い仲になっただけでなく、憧れの兄嫁にもこのようなことをしてもらっている。こちらに帰ってくる以前の、女性とまったく縁がなかった生活を思うと、信じられない気持ちになるのも無理はあるまい。

輝樹がそんなことを考えていると、ゆかりがようやく亀頭に口を近づけた。そして、舌を出して先端部を舐めだす。

「チロ、チロ……」

「くっ。それっ」

先っぽから生じた性電気に、輝樹は思わず声をあげていた。

さすがに、この刺激は何度されてもなかなか慣れない。

「んっ。チロ、チロ……んふっ、ピチャ、ピチャ……」

兄嫁は声を漏らしながらフェラチオを続け、亀頭を一通り舐めると竿に舌を這わせてきた。

(うーん……一応、気持ちはいいんだけど……)

最初の一舐め以降、予想に反してあまり大きな快感が生じず、輝樹は困惑せざるを得なかった。

彼女の舌使いは、さすがに麻里奈よりは慣れている感じだが、志保には遠く及んでいない。なんと言うか、ただ懸命に舐めているだけで、男が感じるポイントを刺激する意識に欠けている気がするのだ。

単純なテクニックという点で言えば、志保の教えを受けた輝樹が指導した麻里奈のほうが、ずっと上かもしれない。

ゆかりと茂が結婚して十年経つというのに、どうもフェラチオのテクニックを磨《みが》くようなことを、さほどしていなかったようである。

こちらの反応が鈍いことを悟ったのか、兄嫁がいったん舌を離した。そして、「あーん」と口を大きく開け、陰茎を恐る恐る咥え込む。

しかし、肉棒の半分より少し深くまで口に入れたところで、彼女は「んんっ」と声を漏らし、動きを止めてしまった。表情を見た限りでは、どうやらペニスの大きさに戸惑っているらしい。

それでも、ゆかりはゆっくりとストロークを始めた。

「んっ……んっ……んむ……んぐ……」

だが、声を漏らしながら顔を動かす彼女の行為は、舐めるよりももっとぎこちないくらいだった。

夫よりも大きな一物に、誤って歯を立てないように気をつけているのだろうが、そのせいで動きが緩慢《かんまん》になっているのだろう。

これならば、間違いなく今の麻里奈のほうが上手だと断言できる。

(うむむ、どうしよう？「もういい」なんて言ったら、ゆかりさんを傷つけそうだけど、このまま続けてもらっていてもなぁ……あっ、そうだ！)

一つの方法を思いついて、輝樹は口を開くことにした。

「ねえ、ゆかりさん？　パイズリしてくれる？」

「んむ……ふはっ。えっ？　パイズリ？」

こちらのリクエストに、兄嫁がペニスを出し、目を丸くして首を傾げた。

この反応は、いささか予想外である。

「あれ？　もしかして、知らないの？」

「あっ……そのぉ、知らないわけじゃないんだけどぉ……本当に、それで気持ちいいのぉ？」

輝樹の問いかけに、ゆかりが困惑した様子で応じる。

「えっ？　兄ちゃん、ゆかりさんにパイズリをしてもらわなかったんだ？」

「ええ。茂さんは、フェラチオまでしか求めてこなかったわよぉ」

(うわー。なんて勿体ない！)

真面目な茂のことなので、胸の谷間に分身を挟んで奉仕してもらうなど変態的な行為だ、とでも思っていたのかもしれない。

だが、輝樹からすれば兄嫁ほどのバストの持ち主にパイズリを求めないなど、超高級ステーキ店へ行ったのにステーキを注文しないくらいあり得ないことに思えた。

もっとも、そのように感じられるのは、初めてのときに五歳上の幼馴染みに経験させてもらったおかげかもしれないが。

「ゆかりさんさえ嫌じゃなかったら、僕はパイズリしてもらいたいな」

「……わ、分かったわぁ」

やや躊躇してから、兄嫁がそう言って首を縦に振った。そして、大きなバストを唾液にまみれた肉茎に近づけ、両手を使ってそれを谷間に挟み込む。

志保より柔らかい爆乳に分身がスッポリ包まれた途端、輝樹は「ふあっ！」と感嘆の声をあげていた。

手で触って分かっていたつもりだったが、肉棒を挟まれた心地よさは想像していた以上だった。これを妻にさせていない茂のことが、なんとも愚かに思えてならない。

「こ、こうで、いいのぉ？」

ゆかりが、ペニスを胸で挟んだまま困惑の表情を浮かべて訊いてくる。

「うん。じゃあ、まずは交互にオッパイを動かしてみて」

「交互に？　んっ、んっ、こう、かしらぁ？」

輝樹の指示に、義姉が自信なさげに言いながら手で乳房を動かしだした。

すると、一物が胸の内側で擦られて、得も言われぬ快感がもたらされる。

もちろん、彼女の手つきはぎこちないものの、唾液が潤滑油になっているので動き自体はスムーズだ。

「ふあっ。ああ、そう。その調子。もうちょっと自信を持ってしごいてくれると、もっとよくなると思う」

「え？　ええ……んっ、んんっ、んふっ、んっ……」

こちらの指示を受けて、ゆかりが手に少し力を込め、乳房をより大きく動かした。

そうして動きが大胆になると、分身からもたらされる快感も強まる。

(ああ、ゆかりさんのパイズリ……志保姉ちゃんのも気持ちいいけど、この不慣れな感じもなかなかいいなぁ)

輝樹は、感動で胸が熱くなるのを抑えきれなかった。

なんと言っても、兄嫁のパイズリ処女をもらえたことが予想外であり、その事実自体が興奮を煽ってやまない。

「んっ、ふっ、んっ、はっ、んっ、んんっ……」

吐息のような声を漏らしながら、ゆかりは乳房を交互に動かして一物に刺激を送り続けていた。しかし、初パイズリということもあり、どうやら輝樹の指示に従うだけで精一杯になって、違う行動を考える余裕はまったくなさそうである。

「ゆかりさん？　今度は手をなるべく動かさないで、膝のクッションでオッパイを動かして、チ×ポをしごいてみてくれる？」

「んっ、んっ……ふあ？　あっ……え、ええ。分かったわぁ」

と、我に返ったように応じて、彼女はようやく手の動きを止めた。そして、指示どおりに上体を動かしながら、陰茎を刺激しだす。

「んっ、んっ、んあっ、ふはっ、あんっ、んんっ……」

「ふあっ。これ、すごくいいよ！」

一物が谷間でいっそう強く擦られ、今まで以上の鮮烈な快感が発生して、輝樹はおとがいを反らして悦びの声をあげていた。

もちろん、兄嫁の動きはぎこちない。だが、肉棒が爆乳にスッポリと包まれているため、竿のみならず先端部からも充分な快電流が生じる。この心地よさは、志保の巨乳でもなし得ないものだと言えるだろう。

おかげで、輝樹の先端からは先走り汁が溢れ出し、限界へのカウントダウンが始まってしまう。

（くうっ。できれば、パイズリフェラもしてもらいたいけど……）

志保であれば、カウパー氏腺液を見たら、自ら舐め取りにかかるはずだ。

しかし、さすがにパイズリ初体験の女性には、そんなことを考える余裕はないようだ。おそらく、先走りの存在にも気付いていないのではないだろうか？　それに、初心者に動いたまま口での奉仕まで求めるのは、いささか酷という気がする。

「んっ、んんっ、んはっ、んっ……」

ゆかりは、こちらの様子を気にする余裕もないらしく、声を漏らしながら谷間に挟んだ一物をひたすら刺激し続けていた。

そんな彼女の姿がいっそうの興奮を煽り、輝樹をたちまち限界へと導く。

「ううっ、ゆかりさん！　僕、もう……顔に出すよ!?」

そう口にするなり、輝樹は白濁液を彼女の顔面にめがけて発射していた。

「えっ？　ひゃんっ!!　いっぱい出たぁ！」

顔にスペルマを浴び、ゆかりが動きを止めて悲鳴のような声をあげる。

しかし、彼女は逃げだそうとはせず、白濁のシャワーを顔で浴び続けた。そのため、精液が頬から顎を伝って、バストにもボタボタとこぼれ落ちる。

（くぅうっ。すごく出て……）

輝樹は、予想以上の射精に我がことながら驚きを隠せなかった。

志保に何度もしてもらったので、パイズリ自体には慣れたつもりだったが、やはり兄嫁の爆乳による奉仕が牡の本能に与えた影響は、想像していたよりも遥かに大きかったらしい。

そうして長い吐精が終わると、ゆかりがようやくバストから肉棒を解放し、その場にへたり込んだ。

「ふあああ……すごい匂いぃ。それに、濃いのがいっぱぁい」

放心したように、そんなことを口にした彼女の姿が新たな興奮を煽り、輝樹は自分の中の欲望がとめどなく溢れ出してくるのを抑えられなかった。

6

「じゃあ、挿れるよ？」

兄嫁を再びソファに座らせた輝樹は、そう声をかけると彼女の脚の間に入り込んだ。

そして、いきり立ったままの分身を、濡れそぼった割れ目にあてがう。

それだけで、ゆかりが「んあっ」と小さな声をこぼし、身体をやや強張らせた。さすがに、茂以外のペニスを初めて受け入れることに緊張しているのだろう。

(だけど、麻里姉ちゃんと違って処女じゃないからな)

処女であれば、秘部が濡れていても気を使うところだが、もうすぐ結婚して十年になる兄嫁なのだから挿入に支障はあるまい。

そう割り切って、輝樹は肉棒を彼女に押し込んだ。

「んああっ！　入ってきたぁぁ！」

挿入と同時に、ゆかりが戸惑いと悦びが入り混じった声をあげる。

輝樹は構わず進入を続け、とうとうこれ以上は進めないというところまで、義姉の中に入り込んだ。

「んあっ!?　ひあああああぁぁぁぁぁぁん!!」

途端に、兄嫁がおとがいを反らして甲高い声を張りあげた。

先端から伝わってきた感触から考えて、亀頭が子宮口を突き上げたのは分かる。おそらく、それで絶頂に達してしまったのだろう。

間もなく、その身体から力が失われていき、彼女は四肢をソファに投げ出した。

「ふはああ……はぁ、はぁ、オチ×チンが入ってきただけで、んふう、イッちゃうなんてぇ……はうう、こんなのぉ、わたし初めてぇ」

呆然とした様子で、ゆかりがそんなことを口にする。

「ゆかりさん、動いても平気？」

「んっ……ええ。大丈夫だと思うわぁ」

兄嫁の返答を受けて、輝樹は彼女の腰を摑んで立ち上がった。そうして、ゆかりの上体をソファの座面に寝かせるような格好にする。

「じゃあ、いくよ？」

と声をかけて、輝樹は抽送を開始した。ただ、彼女の中が充分に濡れていることもあり、腰使いは自然にやや乱暴なものになってしまう。

「あっ、んあっ、はっ、あんっ！　はあっ来てるぅ！　あんっ、奥っ、はうっ、ああっ、ひゃううっ……！」

たちまち、ゆかりが歓喜の声をあげて喘ぎだした。

さすがに経験者だけあって、多少荒々しい動きでもしっかり受け止めて、快感を得ているらしい。

（くうっ。ゆかりさんの中、志保姉ちゃんとも麻里姉ちゃんとも違う感触だ）

ピストン運動をしながら、輝樹は義姉の膣内に酔いしれていた。

志保の膣は、ペニスに絡みついてくるような感触が強く、麻里奈の場合は慣れてきてもまだ締めつけが強い。それらに対して、ゆかりの中は肉棒に吸いついてくるような感じである。

もちろん、どの膣も気持ちいいので優劣はつけられないし、三人の膣を味わっていること自体が贅沢で、なんとも信じられない気持ちなのだが。

「はっ、あっ、あんっ、わたしぃ！　ふあっ、またっ、ああっ、イクッ！　あはあああああぁぁぁぁ!!」

抽送を続けていると、兄嫁が再びおとがいを反らして絶頂の声をあげた。

そのため、輝樹もいったん動きを止める。

「んはあああ……またイッたぁぁ……こんなの、初めてぇ。これが、本当のセックスなのぉ？　だったら、わたしが今まで経験してきたことってぇ……」

大きな吐息をついて弛緩《しかん》すると、ゆかりが独りごちるようにそんなことを口にする。

今の言葉から考えて、彼女は夫との行為でこれほど感じた経験がないのだろう。

そう悟ると、こちらもますます昂りを感じてしまう。

（ゆかりさんを、もっといっぱい気持ちよくしてあげたい）

そんな欲望に支配された輝樹は、腰を持っていた手をいったん離して彼女の足首を摑んだ。そして、脚をV字に広げたまま荒々しい抽送を再開する。

「ひっ、あっ、やんっ！　はあっ、イッたっ、ああっ、ばっかりぃ！　んあっ、感じすぎっ、ひあっ、おかしくっ、ひゃふっ、なりゅぅぅ！　ああっ、ひうっ……！」

兄嫁が、たちまち半狂乱になって喘ぎだす。

連続絶頂の直後ということもあり、肉体がすっかり敏感になっているらしい。

だが、もはや輝樹も彼女を気遣う余裕を失い、夢中になってただひたすら腰を動かし続けていた。

「ああっ、ひゃうっ、またっ、はああっ、イクッ！　はううっ、すぐにっ、ああんっ、来ちゃうのぉ！　はああっ、きゃふううっ……！」

ゆかりが、先ほどまでよりさらに切羽詰まった声をこぼす。

彼女が、間もなく今まで以上のエクスタシーに達するのは、この声のトーンから考えて間違いあるまい。

（くうっ。こっちも、そろそろ……）

輝樹のほうも、腰に熱いものが込み上げてくるのを感じていた。

本来であれば、中に出していいか問いかけるのが筋だろう。実際、輝樹は志保と麻里奈には相手から先に中出しを求められない限り、ちゃんと了承を得ていた。

しかし、今はそんな確認をする気にならなかった。

(このまま、ゆかりさんの中を俺の精液で満たしたい)

という欲求が心を支配していて、自然に抽送を早めてしまう。

「あっ、あっ、これぇ！　はううっ、すごいのっ、はああっ、来ちゃううぅ！　んはあああぁぁぁぁぁぁぁ!!」

遂に、ゆかりが大きく背を反らして全身を痙攣《けいれん》させながら、最大級の絶頂の声をリビングに響かせた。

同時に、吸いつくような膣肉が収縮し、甘美な刺激が一物に加えられる。

そこで限界を迎えた輝樹は、「くううっ」と呻くなり動きを止め、兄嫁の子宮に白濁液を注ぎ込んでいた。

第四章　年上美女たちとの肉宴

1

「はぁ……なんだか、疲れちゃったなぁ」

土曜日の昼過ぎ、やや遅い時間に起きた輝樹は、洗濯とブランチを済ませたあと、リビングのソファに座ってそう独りごちていた。

ゆかりと関係を持ってから、早くも二週間。先週から今週にかけては、師走《しわす》が近づいてきたこともあって仕事が一気に慌ただしくなった。そのため、まずは志保、そして同僚の麻里奈とも肉体関係を持つ余裕がなくなり、ひたすら自宅と会社を往復する日々を送っていたのである。

もちろん、これが恋人のいない独身社会人本来の姿だ、と言われればそのとおりなのだろう。しかし、二週間前までほぼ毎日セックス漬けだったぶん、反動が大きすぎる気がしてならなかった。

それに何より、あれ以来、兄嫁が一度も実家を訪れてくれなくなったことが、寂《さび》しく思えて仕方がない。

（もっとも、俺とエッチしちゃったんだから、当然のことだろうけど……）

正直、輝樹も今、ゆかりと顔を合わせても何を話していいか分からなかった。そのため、彼女が姿を見せないのはむしろ好都合と言える。

ただ、U市に戻ってきて以来、洗濯や掃除、夕食や朝食の準備などの家事全般は、ほとんど義姉に頼りっぱなしだった。それだけに、彼女が来なくなってすべて自分でやると、思っていた以上に負担が大きく感じられる。

おかげで、洗濯とブランチを終えただけで、買い物などに出かける気力がすっかり萎《な》えてしまった。

「それにしても……二週間前のことが、なんだか夢みたいだよ」

憧れの兄嫁と初めて関係を持った光景が、まるで昨日のことのように脳裏に甦って、ついそう独りごちてしまう。

あの大きなバストの手触りや、吸いつくような膣の感触など、すべてがまだ輝樹の記憶に鮮明に残っていた。

それらを思い出すと、またあの素晴らしい肉体を味わいたい、という気持ちが湧き上がってくる。

ただ、茂への罪悪感がもっと湧くかと思っていたが、それは意外なくらいなく、むしろ満足感のほうが強くあった。やはり、兄よりもゆかりを気持ちよくできたというのは、自分で思っていた以上に大きなことだったらしい。

とはいえ、罪悪感がまったくないわけでもないため、なんとも複雑な心境にならざるを得ないのだが。

「それに、ゆかりさんとは『一度だけ』って約束だからなぁ」

もちろん、そんな約束など破ってても構わないのかもしれない。だが、兄嫁との今後の関係を考えたら、それは避けたほうがいいだろう。

しかし、その場合は彼女の肉体を二度と味わえないのだ。仕方がないとはいえ、やはり寂しさは否めない。

結局、そんなことを延々と考えているうちに時間が過ぎていき、気がついたら十五時を回っていた。

「うわっ、ヤバイ。そろそろ洗濯物を取り込んで、晩ご飯と明日の朝食を買いに行かなきゃ」

そうボヤいてソファから立ち上がろうとしたとき、外から自動車のエンジン音が聞こえてきた。

その音は、明らかに輝樹の家の駐車スペースからしてくる。

志保や麻里奈は、ここに来るのに乗用車を使わない。ということは……。

「ゆ、ゆかりさんが来た!? なんで?」

輝樹はソファから立ち上がり、疑問の声をあげていた。

関係を持って以降、平日にすら姿を見せなかった兄嫁が、なぜ今日は来たのだろうか?

(もしかして、何か問題が起きたのか?)

そんな不安が、輝樹の脳裏をよぎる。

そうこうしているうちに、玄関のインターホンの呼び出し音が鳴った。

ゆかりと顔を合わせることに、まだ戸惑いを覚えていた輝樹だったが、「はーい」と返事をして玄関に向かう。

何しろ、彼女はこの家の鍵を持っているので、出入りが自由自在である。それなのに、わざわざインターホンを鳴らしたのは、輝樹が今日は休みだと分かっているからだろう。したがって、たとえ居留守を使っても、鍵を開けて入ってこられたら同じことだ。と言うか、そんなことをしたらかえって気まずさが増してしまうかもしれない。

そう考えて、輝樹は玄関の鍵を開けてドアを開いた。

すると、そこには食材が入った袋を両手に持った兄嫁が、にこやかな笑みを浮かべて立っていた。

「輝樹くん、ちょっと久しぶりになっちゃったわねぇ？」

ゆかりが、以前と変わらないおっとりした口調で話しかけてくる。

「あっ……そ、そうだね……それで……えっと、どうしたの？」

「ええ。しばらく来ていなかったからぁ、輝樹くんがどんなご飯を食べているかとか、お掃除とかちゃんとしているのかとか、ちょっと心配になってぇ」

「ご飯は、なんとか……掃除は……あはは……」

彼女の言葉に、輝樹は頭を掻《か》きながら笑って誤魔化すしかなかった。

食事については、東京で一人暮らしをしていた頃と同様に、主にコンビニやスーパーで総菜や弁当を買って済ませていた。だが、掃除は一軒家の面積があるとどうにも面倒で、ついついサボっていたのである。

「まぁ、そうだろうと思ったわぁ。それじゃあ、先にリビングの掃除をしちゃいましょうねぇ。それが終わったら、わたしはご飯の用意をするから、輝樹くんは二階の廊下、階段、一階の廊下の順番で掃除をしてちょうだぁい」

その兄嫁のにこやかな、しかし有無を言わせない指示に、輝樹は「あ、はい」と応じるしかなかった。

2

「ふぅ。やっと終わった」

一階の廊下に掃除機をかけ終えて、輝樹は大きな息をついていた。

基本的には、出しっぱなしにしていたものを片付け、上の埃《ほこり》をハタキで床に落とし、そのあと床に掃除機をかけただけである。だが、丸々二週間ほぼ手をつけていなかったため意外に埃が溜まっていて、予想していたよりも時間を食ってしまった。

輝樹は、疲労を感じながら掃除機を廊下の収納庫にしまうと、リビングに戻った。

すると、暖房の温かさに混じっていい匂いが鼻腔に流れ込んできて、食欲を刺激する。

「あっ、輝樹くん。お掃除は終わったかしらぁ？」

いつものように髪を後ろで結わえ、エプロンを着用して手を動かしながら、ゆかりがこちらに目を向けて訊いてきた。

「うん。思っていたより、埃とか溜まっていたね」

「でしょう？　お掃除は、こまめにしないと大変なのよぉ」

輝樹の言葉に、穏やかな笑みを浮かべながら応じる兄嫁の姿からは、関係を持つ前とまったく変わった様子が感じられない。

（ゆかりさん、俺とのセックスなんてなんとも思っていないのかな？　いや、でもそれなら今日までウチに来なかった理由の説明がつかないし……）

そんな疑問を抱きつつ立ち尽くしていると、彼女が手を止めた。

「そうそう。お風呂を入れておいたから、ご飯の前に入ってねぇ」

「えっ？　風呂は晩飯のあとでも……」

「お掃除のあとって、けっこう身体が汚れているのよぉ。特に、ハタキを使ったときは舞った埃を被《かぶ》っていることもあるしぃ。いくら手を洗っても、頭から埃がご飯に落ちたりしたら、あんまり衛生的じゃないでしょう？」

「そ、それはまぁ……」

兄嫁の言葉はもっともだ、という気はした。だが、輝樹には本来、夕食前に入浴する習慣はない。それだけに、彼女の勧めには戸惑いを抱かずにはいられなかった。

もちろん、埃を洗い流すだけならシャワーでも充分だろう。しかし、U市のあたりは師走が近づくにつれて初雪の便りがちらほら届くくらい気温が下がる。湯船に浸《つ》かって身体を温めるのは、体調管理の意味でも大切だと言える。

「……じゃあ、先に風呂に入ってくるよ」

結局、彼女に従うことにして、輝樹は風呂場に向かった。

ゆかりの言葉どおり、バスタブには既に湯が張られていたので、脱衣所で服を脱いで素っ裸になり、磨りガラスの引き戸を開けて浴室に入った。そして、浴槽の蓋を外してお湯に浸かる。

「ふああ……極楽〜」

湯船に身体を沈めると、全身の筋肉が緩む感じがして、ついそんな言葉が口を衝いて出る。

もともと、しばらく運動不足気味だったせいか、リビングと二階と一階の廊下を掃除していただけで、自分で思っていた以上に筋肉が疲れていたらしい。

(これは、先に風呂に入って正解だったな。後回しにして晩酌とかしたら、風呂に入る前に寝ちゃって、明日あたり筋肉痛になっていたかも)

もしかしたら、兄嫁はそこらへんも見越して、夕食前の入浴を勧めたのだろうか？

そんなことを思いながら、ひとしきり湯船に浸かって、輝樹はいったん浴槽から出た。そして、髪を洗おうとしたとき。

「輝樹くん、お湯加減はどうかしらぁ？」

と、ゆかりの声が脱衣所から聞こえてきた。

「ほえっ？　あっ、その、ちょうどいいよっ」

不意打ちだったこともあり、輝樹は心臓が大きく飛び跳ねるのを感じながら、どうにか質問に応じた。

もっとも、追い焚《だ》き機能のないアパートなどの給湯器と違い、北条家はお湯の温度をキッチン横と風呂場内のパネルでコントロールできる。したがって、わざわざ湯加減を訊きにくる必要などないはずだ。

ゆかりは、それ以上は何も口にしなかった。

ただ、脱衣所からガサガサと音がするので、まだそこにいるのは間違いない。

（ゆかりさん、いったい何を……）

そんな疑問を抱いていると、風呂場と脱衣所を仕切る引き戸が開けられた。

「えっ？　なっ……」

振り向いた輝樹は、驚きのあまり言葉を失っていた。

何しろそこには、全裸になってフェイスタオルで身体の前を隠した兄嫁が立っていたのである。もっとも、前を隠していると言ってもフェイスタオルでは身体の前面すべてを隠せるはずもなく、大きなバストは丸見えで、かろうじて股間が隠れているだけなのだが。

「その……晩ご飯の用意はもうできたから、輝樹くんの背中を流してあげるわねぇ」

恥ずかしそうに、ゆかりが口を開いた。

「い、いや、その……そんな……」

輝樹は、慌てて前に向き直り、俯きながら言葉を発しようとした。だが、予想外の事態に動揺してしまい、上手くセリフが出てこない。

「遠慮しなくていいからぁ。ねっ？」

そう言って、ゆかりが近づいてきた。

そして、シャワーを出して輝樹の身体にかけだす。

こちらはと言うと、頭が真っ白になっていて身動きすることもできず、ただ彼女のなすがままになっていた。

本来なら、タオルを下半身にかけるなどして一物を隠すべきだったのかもしれない。しかし、兄嫁の乱入が突然すぎたため、そんなことをする余裕もなかった。

輝樹の身体を一通り濡らすと、ゆかりはシャワーを止めて固形石鹸を手にした。そして、タオルで石鹸を泡立てて背中を擦りだす。

（はぁ。恥ずかしいけど、こうやって人に背中を洗ってもらうなんて、いったいいつ以来だろう？）

ついつい、そんな思いが心をよぎる。

中学や高校の修学旅行でも、友人と背中の洗いっこなどしなかったので、まだ志保や麻里奈と一緒に入浴していたとき以来になるだろうか？

しかし、タオルを動かす義姉が「んっ、んしょっ……」と小さな吐息のような声を漏らすのが聞こえてくるため、どうにも興奮が抑えられない。

すると、自然に股間のモノが硬くなってきてしまう。

（や、ヤバイ……）

なんとか隠したかったが、この状況で下手に動くのは藪蛇《やぶへび》になる気もする。

輝樹がそんな焦りを感じていると、不意に彼女の片手が前に回ってきた。

「はぁ。輝樹くんのオチ×チン、もうこんなに大きくなってぇ……」

耳元で囁くように言うと、兄嫁は石鹸まみれの両手でペニスを優しく包み込んだ。

すると当然、大きな胸が背中に押しつけられ、その柔らかな感触に、思わず「ふあっ」と声を漏らしてしまう。

「さあ、それじゃあ勃起したオチ×チンも、綺麗にしましょうねぇ」

と言って、ゆかりが竿を握った手を優しく動かしだす。

「くうっ。き、気持ちいいっ」

一物からもたらされた性電気が脳に届き、輝樹はそう口走っていた。

前回と違って、義姉はやけに積極的である。それに、石鹸まみれの手で一物をしごかれる感触は、経験がないわけではないが、やはり通常とは異なるように思えてならない。

しかも、彼女が手を動かすたび背中に当たった爆乳も擦れるため、そこからも心地よさがもたらされるのだ。

「ああ、これぇ。茂さんのより、ずっと大きくてたくましいのぉ」

そんなことを言いながら、兄嫁が愛おしそうな手つきでペニスの刺激を続ける。

しかも彼女は、ただしごくだけでなく、先端を撫で回したりして行為に変化をつけてきた。その動きは、やはり前回までとは明らかに違う。

「ゆ、ゆかりさん、もう出そう……」

たちまち射精感が込み上げてきて、輝樹が訴えると、

「えっ？　あっ、本当。先走りが、こんなにぃ。だけどぉ、まだ始めたばかりじゃなぁい？」

と、状況を確認したゆかりが手を止めて、意外そうな声をあげた。

「そうなんだけど、実はここ最近、メチャクチャ忙しくて……」

輝樹は、いささか情けない思いを抱きながら、そう素直に応じていた。

実際のところ、仕事が忙しかったのもあるのだが、彼女が来なくなったことで会社から帰ったあとなど家事に時間を取られるようになり、自慰をする心の余裕がなくなっていたのである。

本来であれば、今日の夜あたりに一発抜こうと思っていたのだが、そのような状況で兄嫁の手でしごかれ、さらに背中に爆乳を押し当てられたら、あっさり出そうになるのも仕方がないのではないだろうか？

「そう。じゃあ、まずは一回、このまま出しちゃいましょうねぇ」

と言って、ゆかりが手の動きを再開する。

「ああっ、それっ。ううっ……」

兄嫁の手で分身をしごかれる心地よさに、輝樹は再び陶酔した声をあげていた。

しばらく溜めこんでいたこともあるが、これほど素晴らしい感触を我慢できる男が、この世に存在するとは思えない。

そうして、こちらの昂りに合わせるように彼女の手の動きが次第に速まっていく。

「はううっ。もう……出る！」

限界に達した輝樹は、そう呻くように言うなり、前方に向かって白濁液を発射していた。

3

シャワーで輝樹の身体やペニスの石鹸などを洗い流すと、ゆかりが浴槽に蓋をして、その上に腰をかけた。

「ねえ、輝樹くぅん？　また、わたしとエッチしてくれるかしらぁ？」

と、艶めかしい雰囲気を漂わせた兄嫁が、甘えるような口調で言う。

「ほ、本当にいいの？　だって、一回だけって言ったのは、ゆかりさんなのに……」

予想はできていたことだが、それでも輝樹はそう問いかけずにはいられなかった。

いったい、彼女の心の中にどういう変化が生じたのか、まだ理解が追いついていないのである。

「うん、わたしも本当はそのつもりだったのよぉ。でも、茂さんとしていてもあんなに気持ちよくなったことがないからぁ。輝樹くんのオチ×チンでイッた感覚が、ずっと忘れられなくてぇ、あれからずっとキミのことばっかり考えていたのぉ。一人でしていても、輝樹くんのことしか心に浮かばなくてぇ。だけど、またキミと顔を合わせたら後戻りできなくなりそうだったから、怖くてずっと来られなかったのよぉ」

と、ゆかりが目を潤ませながら応じた。

どうやら、彼女がしばらく来なかったのは、輝樹と顔を合わせるのが気まずかったのではなく、自分の欲望を抑えられなくなることを恐れていたかららしい。

「あれ？　でも、こうしてウチに来たってことは……？」

「ええ。わたし、もう我慢できなくなっちゃったのよぉ。また、輝樹くんに気持ちよくしてもらいたい。たくましいオチ×チンで奥まで思いきり突いて、いっぱいイカせて欲しいって気持ちが、抑えられなくなっちゃったのぉ」

なんとも恥ずかしそうに、しかしはっきりと兄嫁が告白をした。

なるほど、彼女はいったん知った快楽を忘れられず、とうとう本能の欲求に抗《あらが》えなくなったようである。

「ねぇ？　輝樹くんはぁ？　輝樹くんは、わたしとエッチしたいと思っていたのかしらぁ？」

「も、もちろん！　でも、一回だけって言われていたから、我慢しなきゃって……」

ゆかりの問いかけに、輝樹はそう正直に応じていた。

「あらあら、ごめんなさいねぇ。でもぉ、あの約束はもうなし。わたしのこと、いくらでも好きにしていいわよぉ」

と、兄嫁が笑みを浮かべながら言う。

こんなことを言われては、牡の本能に抗えるはずがない。

輝樹は、彼女に顔を近づけた。

すると、ゆかりのほうから手を伸ばし、こちらの首に腕を巻き付けるようにして唇を重ねてきた。

「んんっ。ちゅっ……ちゅば、ちゅぶ……」

兄嫁は義弟の唇をついばみ、それから今度は舌を口内に入れて絡みつけてきた。

「んっ……んじゅる……んむ、んろ……」

(ゆかりさんが、自分からこんなに積極的に……)

舌を動かして義姉に応じつつ、輝樹はいささか驚きを禁じ得なかった。

前回、彼女はこちらが不意打ちでしたキス以外、唇を重ねることを拒み続けていたのである。そんな女性が、今は自ら舌まで絡みつけてきたのだ。

ただ、このことからも、先ほどのゆかりの言葉が本気だったことは充分すぎるくらいに伝わってきた。

そう思っただけで、今まで兄嫁への欲望を抑え込んでいた心の枷《かせ》が、音を立てて粉々に砕け散ってしまう。

もはや、本能の虜となった輝樹は、彼女のバストに両手を伸ばした。そして、大きなふくらみを揉みしだきだす。

「んんーっ！　んっ、んっ……んむっ、ぷはあっ！　ああっ、オッパイッ、すごく感じるのぉ！」

我慢できなくなったらしく、ゆかりが唇を離して浴室に甲高い声を響かせる。

その声がなんとも耳に心地よく、輝樹はさらに乳房を揉み続けた。

「はあっ、あんっ、それぇ！　ふあっ、いいのぉ！　あんっ、輝樹くんのっ、ふあっ、乱暴な手つきっ、んはあっ、気持ちいぃぃぃ！　はうっ、ああっ……！」

手の動きに合わせて、兄嫁が今にもとろけそうな喘ぎ声をこぼす。

（ああ、ゆかりさんの大きなオッパイの手触り、やっぱり最高だぜ！）

そんな思いが、改めて輝樹の心に湧き上がる。

もちろん、志保や麻里奈の乳房も魅力的ではある。だが、義姉の爆乳の触り心地は別格に思えてならなかった。

いっそう高まった欲望に任せて、輝樹は片手を彼女の下半身へと移動させた。そうして秘部に触れると、指に蜜が絡みつき、ゆかりが「はうんっ」と甘い声をあげておとがいを反らす。

「ゆかりさんのオマ×コ、もうけっこう濡れているね?」

「ああん、恥ずかしい。でもぉ、輝樹くんとまたエッチすることをずっと想像していたからぁ、背中やオチ×チンを洗っているときもドキドキしていてぇ。それにぃ、実際にキスして、オッパイを揉まれていたら、身体がすぐに熱くなっちゃったのよぉ」

こちらの指摘に、兄嫁がそんなことを口にした。

案の定と言うべきか、彼女の肉体は奉仕中に発情し、さらに待ち望んでいた義弟の愛撫を受けたことで、敏感に反応していたらしい。

その事実に興奮を煽られた輝樹は、秘裂に這わせた指を動かしだした。

「ああーっ! そこっ、んはあっ、指ぃ! はううっ、いいのぉ! あっ、あああぁ! はうっ、あんっ……!」

クチュクチュという音に合わせて、ゆかりがたちまち甲高い悦びの声を浴室に響かせる。

同時に、新たな愛液が奥から溢れだし、指に絡みついて粘着質な音がいっそう大きくなる。

「はあんっ！　ねえ、んはあっ、早くぅ！　ああっ、早くっ、あんっ、輝樹くんのっ、はああっ、大きなオチ×チン、あううっ、わたしにっ、はうっ、挿れてぇ！」

我慢できなくなったらしく、兄嫁がそう訴えてきた。

そこで輝樹は、愛撫の手を止めて彼女から身体を離した。

そうして改めて見ると、ゆかりの全身が先ほどまでより赤みを帯びている気がする。また、股間から溢れた蜜は、風呂蓋にも流れて水たまりを作っていた。これだけ濡れていたら、もう挿入しても大丈夫だろう。

「じゃあ、いったん降りて蓋に手をついて、僕のほうにお尻を突き出してくれる？」

「えっ？　あっ。ええ、分かったわぁ」

こちらの求めの意図を察して、彼女は頷くとすぐに風呂蓋から降り、身体を反転させて指示どおりの体勢になる。

（バックから見ると、やっぱりゆかりさんはお尻もかなり大きいな。だけど、それもいい！）

こうしてヒップを見ているだけで、むしゃぶりつきたくなってしまう。

それに、秘裂から溢れた蜜が太股に筋を作って垂れているのが、なんとも淫靡に見えた。

そんな昂りのままに、輝樹は片手で彼女の腰を摑み、もう片方の手でペニスを握って角度を合わせて、肉茎の先端を割れ目にあてがった。

「はぁん、オチ×チンがぁ。ああ、早く、ねぇ、早くぅ」

その甘く切なそうな声に誘われて、輝樹は分身を彼女の割れ目に押し込んだ。

「んはあぁぁ！　大きなオチ×チンッ、入ってきたのぉぉ！」

ゆかりが歓喜の声を浴室に響かせ、ペニスをしっかりと受け入れる。

輝樹は、そのまま奥まで一物を挿入した。そして、下半身が彼女のヒップに当たって動きが止まったところで、いったん息をつく。

「ああ、また奥まで来てるのが、はっきり分かるぅ。やっぱりこれ、とってもすごいのぉ」

と、ゆかりが陶酔した声を漏らす。

その声色《こわいろ》からは、夫以外の肉棒を受け入れている罪悪感のようなものは、まったく感じられない。それだけ、彼女が輝樹の陰茎に本気でハマッてしまった、ということなのだろう。

「じゃあ、動くよ？」

そう声をかけると、輝樹は両手で彼女の腰を掴んで抽送を開始した。

「はあっ、ああんっ！　あんっ、来るぅぅ！　ああっ、オチ×チンッ、はうっ、奥にぃ！　ひゃうっ、これっ、ああっ、いいのぉ！　はううっ、ああっ……！」

たちまち、兄嫁が甲高い喘ぎ声をこぼしだす。

（ゆかりさん、そんなに俺のチ×ポを気に入ってくれたんだ）

そう実感すると、悦びと共に光栄な気持ちも湧いてくる。

輝樹は欲望のまま腰から手を離し、彼女の爆乳を両手で鷲掴みにした。そうして、乳房を力任せに揉みしだきながら、押しつけるような腰使いでピストン運動を続ける。

「はううっ！　オッパイッ、ああっ、あそこぉ！　ひゃうんっ、両方っ、ああっ、しゅごいぃぃ！　ああっ、こんなっ、きゃふうっ、すっごくっ、ひゃふっ、いいのぉぉ！　はあっ、ふああっ……！」

ゆかりが、半狂乱になったように髪を振り乱して激しく喘ぐ。

二週間ぶりのセックスの興奮で、ついつい動きが荒々しくなってしまったが、兄嫁はそれをしっかりと受け止め、大きな快感を得ているようだった。おそらく、彼女も待ち望んでいた輝樹のペニスを堪能しているのだろう。

そうして乱れる義姉の姿がなんとも魅力的で、ずっとこうしていたいという気持ちが湧いてくる。

(くうっ。なんか、もうイキそうかも。ずいぶん早いな)

抽送を続けていると、予想以上に早く射精感が込み上げてきて、輝樹は我がことながら戸惑いを抱いていた。

ゆかりの手で先に一発出しているので、もう少し長持ちするかと思っていたのだが、欲望のままピストン運動をしていたせいか、高まるものをまったく抑えられない。このままでは、あっさり限界を迎えそうだ。

「ああっ、輝樹くぅん！　はあっ、中でっ、はううっ、ビクビクってぇ！　あんっ、わたしもっ、はあっ、わたしもっ、はあんっ、すぐにっ、ああっ、イキそうよぉ！」

兄嫁が、そんな切羽詰まった声を浴室に響かせる。彼女のほうも、荒々しい抽送の快楽を前に、絶頂感を我慢できなくなっているらしい。

「ゆかりさん、また中に出していい？」

「うんっ、ああっ、うんっ！　はああっ、このまま中にっ、ああんっ、いっぱいっ、はううっ、出してぇぇ！　ああっ、一緒っ、ああっ、輝樹くんと一緒にっ、はうっ、イキたいのぉ！」

　こちらの問いかけに、義姉が逼迫《ひっぱく》した声で応じる。

　彼女ももはや、義弟の精を子宮に受け入れることに、なんのためらいも抱いていないらしい。

　そこで輝樹は、ピストン運動を速めるのと同時に、ゆかりの両乳首を摘まんでダイヤルを回すようにクリクリと弄りだした。

「ひあああっ！　乳首もぉ！　ああっ、ひううっ、もうっ……イクのぉ！」

　兄嫁が背を反らし、限界寸前の甲高い声を張りあげる。

　それに合わせて膣肉が激しく収縮し、ペニスに強烈な刺激がもたらされる。

「くうっ、出る！」

　と口走ると、輝樹は動きを止めて、彼女の中に出来たてのスペルマを注ぎ込んだ。

「ああっ、中に、いっぱいぃぃぃ！　わたしもっ……イクぅぅ！　んはあああああぁぁぁぁぁ!!」

　射精を感じたゆかりが、身体を強張らせて絶頂の声を浴室に響かせる。

　そうして、精の放出が終わると、その肉体から一気に力が抜けていき、彼女は風呂蓋にグッタリと倒れ込んだ。

「はぁ、はぁ、ゆかりさん……すごく気持ちよかった」

「んはあぁぁ……輝樹くんもぉ、やっぱりすごいぃぃぃ……」

荒い息を吐きながら、そんなやり取りをすることが、今の輝樹にはなんとも幸せに思えてならなかった。

4

北条家は、二階にもトイレと洗面所があり、洗面台の近くには玄関のインターホンの子機が置かれている。その子機から、「ピンポーン」と呼び出し音が聞こえてきて、自室の布団で寝ていた輝樹はようやく目を覚ました。

寝ぼけ眼で隣を見ると、全裸のゆかりが幸せそうな顔で寝息を立てている。もちろん、自分も素っ裸である。

一瞬、パニックを起こしかけたところで、やっと思考回路が働きだす。

（ああ、そうだ。夕べは晩ご飯のあと、またゆかりさんとエッチすることになって、俺の部屋で……）

昨晩、二人はいったい何度射精し、何度イッたのかも覚えていないくらい激しく求め合った。そして、最後にはお互い達したところで、共に精根尽き果てて寝てしまったのである。

兄嫁は呼び出し音に気付かなかったらしく、まったく目を覚ます気配がない。やはり、何度も大きな絶頂を味わったため、未だに深い眠りから抜け出せていないようだ。

枕元に置いてある目覚まし時計を見ると、既に十二時前である。

「うわぁ。もうこんな時間かぁ……」

と思ったとき、またインターホンの呼び出し音が鳴った。

「おっと、ヤバイ。忘れるところだった」

そうボヤいて、輝樹は布団から出た。

とはいえ、この時期に素っ裸で廊下に出ては身体が一気に冷えてしまうため、とりあえず上着だけ羽織って子機に駆け寄る。

そして、通話ボタンを押したのだが……。

「ゲッ。麻里姉ちゃんと……し、志保姉ちゃんまで⁉」

子機の小さな液晶画面に映し出されたのは、二人の幼馴染みの姿だったのである。

『あっ。輝樹、やっぱりいた。もう、何モタモタしていたのさ？　って言うか、「ゲッ」て何よ？』

画面の向こうから、麻里奈の文句が聞こえてくる。

「い、いや、その……実は、まだ寝ていたから……」

『はぁ？　もうお昼だよ？　こんな時間まで寝ているなんて、いくらなんでもたるみすぎじゃない？』

「まぁ、ちょっと色々あったから……」

『それより、せっかく来たんだから、早く鍵を開けてよ』

『そうね。お昼ご飯を一緒にどうかと思って、材料も買ってきたのよ』

麻里奈に続いて、志保がそう言って買い物袋を見せる。

（こ、これはマズイ！　二人が揃っているだけでもヤバイのに、今はゆかりさんが俺の部屋にいて……）

それぞれとの関係がバレた場合、いったいどういうことが起こるのか？

そのときの状況がまったく想像できず、背筋に冷たい汗が流れるのを感じてしまう。

「と、とにかく、まだパジャマだから、ちょっと待って！」

嘘をついて、輝樹はインターホンを切った。

（どうする？　俺は、いったいどうすればいい？）

と考えてみたものの、二人が自宅まで来てしまった以上、「今日は用があるから」

と追い返すわけにもいくまい。そもそも、昼まで寝ていたくせに今さらなんの用事があるのか、と逆に怪しまれるのが関の山ではないだろうか？

（ええい！　ゆかりさんさえ見つからなければ、きっとなんとか誤魔化しようがある！）

パニックを起こしたままそう考えて、輝樹はいったん自室に戻った。

その兄嫁は、未だにスヤスヤと寝息を立てており、起きる気配はない。

輝樹は彼女に布団をかけると、慌ててTシャツを着て、それから室内着にしている上下のトレーナーを着込んだ。髪をとかしたりヒゲを剃《そ》ったりする余裕はないが、二人とも深い仲の幼馴染みなので、そこまで身繕いに気を使う必要もあるまい。

服を着終えると、輝樹は急いで階段を降りた。そして、玄関のドアを開ける。

「まったくもう。遅いよ、輝樹？」

顔を見るなり、二歳上の幼馴染みがふくれっ面《つら》で文句を言ってきた。

「まあまあ。麻里ちゃん、そんなに怒ることないわよ。着替えに多少時間がかかるのは、男の子でも仕方がないもの」

年上の余裕か、志保がそう言って麻里奈をなだめてから、こちらに目を向ける。

「ところで、車が二台あるけど、ゆかりさんも来ているの？」

その幼馴染み人妻の質問に、輝樹の心臓は喉から飛び出しそうなくらい大きく飛び跳ねた。

(ヤベッ！　そ、そういえば車のことを忘れていた！)

これでは、いくら誤魔化そうとしても兄嫁の存在を隠し通すことは難しい。

「えっと、それは……」

「とにかく、外は寒くなってきたし、上がるわよ」

そう言って、麻里奈が輝樹を押しのけるように玄関に入った。それに志保も続く。

「あっ、靴がある。やっぱり、ゆかりさん来てるんだ？　お邪魔しまーす」

「本当。ゆかりさんがいるのに、こんな時間まで寝ているなんて、輝くんちょっとたるみすぎじゃない？」

そんなことを言いながら、二人が靴を脱いで玄関を上がる。

幼馴染みで、子供の頃は何度となく来訪していたからだろう、彼女たちの行動にはまったく遠慮や躊躇が感じられない。

そうして、麻里奈と志保はリビングのドアを開けて中に入った。

輝樹も、内心の動揺をどうにか抑えながらそれに続く。

ところが、二人は室内に入るなり立ち尽くしていた。

当然のことだが、エアコンがかけっぱなしになっていたリビングは無人である。

ただ、それだけなら言い訳のしようもあっただろう。問題は、ソファに兄嫁のエプロンと上着が無造作に置かれたままになっていた、という点だった。

夕べ、夕食後に輝樹がソファで一息ついていたら、ゆかりが「またオチ×チンが欲しいのぉ」とまたがってきたため、そのまま濃厚なキスを交わした。そして、気分が盛り上がってエプロンと上着を脱がしたところで、彼女に乞《こ》われて二階の自室に移動したのである。

「これって……やっぱり？」

「まぁ、嫌な予感はしていたけど、間違いなくそういうことよね？」

我に返った麻里奈と志保が、顔を見合わせてそんな言葉をこぼす。

さすがに、このリビングの状況を見て、輝樹と兄嫁が何をしていたか分からないほど、二人の幼馴染みも鈍感ではなかったらしい。

もっとも、ゆかりがいるはずなのに姿がなく、リビングに無造作に置かれたエプロンと上着があり、輝樹が昼まで寝ていたのだ。セックスの経験者で、これらの状況を総合して何があったか推理できない人間のほうが、もしかしたら珍しいかもしれない。

「……はぁ。まったく、輝樹がここまで節操なしとは思わなかったわ」

「そうねぇ。わたしたち二人でもあれなのに、ゆかりさんにまで手を出すなんて」

麻里奈と志保が、なんとも呆れた様子で口を開く。

「いや、それは……って、志保姉ちゃん、僕と麻里姉ちゃんのことを知ってたの!?」

輝樹は、驚きの声をあげていた。

麻里奈については、初めてのときに志保とのことを疑っていたので、さすがに黙っていられなくて関係を話していた。だが、志保には麻里奈との間にあった出来事を、まだ話していなかったのである。

「だって、輝くんのエッチのテクニック、会うたびに上達しているんだもの。わたしとしているだけじゃここまでにはならないはずだし、なんとなく予想はしていたわよ。確証を得たのは、ついさっき麻里ちゃんと外でバッタリ会ったときだけど」

志保が、肩をすくめて応じる。

こちらのセックスの慣れ具合で、そこまで予想するとは、わずか五年とはいえさすが人生の先輩、と言うべきか?

「はぁ。それにしても、最近エッチできなかったし、昨日も友達と会っていたから、今日こそは輝樹といっぱいしようと思って来たのに……」

「わたしも、夫が今日の朝から出張に出たから、久しぶりに輝くんとしたいと思ってきたんだけど、麻里ちゃんとバッタリ会っただけじゃなく、まさかゆかりさんにも先を越されていたなんてねぇ」

と、麻里奈と志保がぼやく。

どうやら、二人とも久しく輝樹と関係を持てずにいたため、すっかり欲求不満になっていたらしい。

「……輝樹、ちょっとそこに座って」

麻里奈が、ジト目のままそう言って、三人がけのソファを指さした。

(うう。お説教でもされるのかな？)

とは思ったが、これはもう言い逃れのしようがないのだし、お説教を受けても仕方があるまい。

そう考えて、輝樹は言われたとおりソファの中央に座った。

すると、二歳上の幼馴染みがソファの横に乗り、両頬に手を当てて自分のほうを向かせた。そうして、何も言わずに顔を近づけ、唇を重ねてくる。

その唐突な行動に、輝樹は「んんっ!?」と驚きの声を漏らし、目を丸くしてしまう。

だが、麻里奈のほうはこちらの反応など気にする素振りも見せず、舌を口内に入れてきた。

「んんっ。んじゅ、んじゅ、んむむ、じゅるり……」

二歳上の幼馴染みも、今やディープキスにすっかり慣れて、その舌使いはスムーズになっていた。おかげで、舌の接点から生じる快感も以前とは桁違いになっている。

そうして、輝樹がつい舌からの快感に浸っていると、不意に腰が強引に持ち上げられた。それから、ズボンとパンツが一気に引き下げられてしまう。

トレーナーのズボンの腰回りはゴムなので、スーツやジーンズと違って脱がすのに手間がかからない。

麻里奈の顔がドアップになっているため状況を確認はできないが、脱がしたのが志保なのは間違いない。

「ああ、久しぶりの輝くんのチ×チン、麻里ちゃんとキスしただけで、もうこんなに大きくしちゃってぇ」

案の定、そんな五歳上の幼馴染みの声が聞こえてきた。

そして、一物が彼女の手に握られて、角度が変えられたのも感触で伝わってくる。

「レロ、レロ……ピチャ、ピチャ……」

志保が音を立てながら、亀頭に舌を這わせだす。

（くうっ。チ×ポから、気持ちよさがやってきて……）

輝樹は、心の中で呻いていた。

口を塞がれているため声は出せなかったが、そうでなかったら今の瞬間に喘ぎ声をこぼしていただろう。

「レロロ……輝くんのチ×チン、乾いたザーメンなんかの味が残ってるぅ」

志保が、いったん舌を離してそんなことを言う。

夕べ、ゆかりとさんざんセックスをしたあと、一物に付着していた精液と愛液はティッシュペーパーやトイレットペーパーで拭き取っていた。だが、改めて入浴はしていないので、さすがに残滓《ざんし》が完全には拭いきれなかったらしい。

ただ、幼馴染み人妻はそれ以上は何も言わず、奉仕を再開した。

「ジュル、レロ……ピチャ、レロ……」

(うはっ。こ、これ、チ×ポを綺麗にされているような、全体を志保姉ちゃんの涎で汚されているような……どっちにしても、気持ちよすぎる!)

麻里奈とディープキスをしたまま、輝樹は分身からもたらされた心地よさに酔いしれていた。

分かっていたことだが、志保のフェラチオは麻里奈やゆかりよりも格段にテクニックが上である。彼女の舌は、亀頭からカリを這い回り、陰嚢《いんのう》から裏筋をネットリと舐めあげて、牡の快感を巧みに引き出してくれるのだ。

ただ、そのいつになく積極的な舌使いからは、嫉妬のような感情が伝わってくる気がしてならなかった。

もっとも、自分が童貞をもらって、セックスのイロハを教えた男が、年下の幼馴染みのみならず、かつて恋した相手の妻とまで関係を深めていたのである。いくら夫婦や恋人関係ではないとはいえ、面白くないのは当然かもしれない。

「んじゅる……ぷはあっ。志保お姉ちゃんばっかり、チ×チンにしてズルイ！　あたしもする！」

唇を離した麻里奈が、そんなことを言ってソファから降りた。そして、志保の隣にしゃがむと割りこむように横から舌を這わせだす。

「レロ、レロ……ンロロ……」

「チロロ……あっ、もう。麻里ちゃんったら。わたしだって、負けないわよ。ピチャ、ピチャ……」

行為に水を差された志保も、そんなことを口にして舌使いにいっそう熱を込めだす。

「はううっ！　そっ、そん……くうっ！　二人がかりで……あうっ！」

競うようなダブルフェラで生じた強烈な性電気に、輝樹は我ながら情けなくなるような喘ぎ声をこぼしていた。

単独のフェラチオは何度も経験しているが、二人がかりの奉仕は初めてだ。その刺激は、一＋一＝二という足し算を超えた快楽を脳にもたらす。

何より、二人の幼馴染みが肩を並べて一物を舐め合っている姿が、興奮を煽ってやまなかった。夕べ、ゆかりにさんざん出したおかげで、どうにか耐えていられるが、そうでなかったらあっという間に射精していただろう。

実のところ、口を解放されたら志保を止めようと思っていたのだが、とてもそれどころではなかった。いや、ペニスから送り込まれてくる快感が強すぎて、このまま射精するまで続けて欲しいという思いが心を支配していき、もはや最初の気持ちなどどこかに吹き飛んでいる。

（ああ、チ×ポがすごく気持ちよくて……）

そうして、輝樹が二人の幼馴染みの行為にドップリと浸りだしたとき。

「輝樹くん、ごめんなさいねぇ。まさか、お昼まで寝ちゃ……うな……んて……」

と、服を着たゆかりがドアを開けて入ってきた。そして、言葉の途中で目を丸くして絶句する。

北条家のリビングのソファは、出入り口とほぼ水平の位置にある。したがって、ドアを入るとソファの足下まで見えるので、肉棒を露わにした輝樹の姿も、その前に跪《ひざまず》いてペニスを舐めている志保の姿も、横向きでしっかり確認できるはずだ。

また、幼馴染み人妻の隣にいる麻里奈も、身体をやや前に出して亀頭を舐めていたので、兄嫁がいる位置からは姿が見えたことだろう。

ダブルフェラ中だった二人も、ゆかりの出現に意表を突かれたらしく、舌の動きを止めて彼女のほうを見ている。

当然、輝樹も義姉の登場に驚きを隠せずにいた。

とはいえ、夕べ泊まっていったのだから、起きればリビングに姿を見せるのは当たり前と言える。ただ、ダブルフェラの心地よさに酔いしれて、彼女の存在が頭から吹き飛んでいたため、いささか虚を突かれた感は否めない。

（こ、これはマズイ……）

ゆかりから見たら、数時間前まであれだけ激しく愛し合った男が、起きてみたら顔見知りの女性二人にフェラチオ奉仕されていた、という状況なのだ。これで、何も思わないはずがあるまい。

「あ……ゆ、ゆかりさん……その……」

輝樹は、なんとか言い訳をしようと試みた。だが、頭の中がパニックを起こしていて言葉が上手く出てこない。

一方の兄嫁は、しばらく目を丸くして立ち尽くしたまま、身じろぎ一つしなかった。

しかし、間もなく彼女は「はぁ」と小さなため息をつき、にこやかな笑みを浮かべながら口を開いた。

「もう。わたしだけ仲間外れなんて、ちょっと酷いわよぉ。わたしも、輝樹くんにしてあげたかったのにぃ」

特に怒りも感じさせない、いつものややのんびりした口調でそう言うと、ゆかりがこちらに近づいてくる。その声のトーンだけ聞いていれば、今の状況について何も気にしていないように思えるが……。

（こ、怖い。ゆかりさんの笑顔の背後に、般若《はんにゃ》の顔が見える！）

口調や表情とは裏腹に、兄嫁は相当にご立腹なようである。

正直、こういう形での怒りを目にしたのは初めてなので、彼女からのプレッシャーは今まで輝樹が経験した何よりも恐ろしく思えた。普通に怒りを見せてくれたほうが、精神的にはまだマシだったかもしれない。

そんなことを思って、輝樹が冷や汗をかいている間に、ゆかりは志保の隣にしゃがみ込んだ。そして、呆気に取られている二人の幼馴染みを尻目に、輝樹のペニスにしやぶりつき、カウパー氏腺液がにじみ出した亀頭の先端に舌を這わせだす。

「んっ、レロ、レロ……」

「くううっ。それっ……はううっ！」

兄嫁の積極的な舌使いでもたらされた快感に、輝樹は思わず喘ぎ声をこぼしていた。ゆかりが、二人に対抗してこのようなことをしてくるとはさすがに予想外だったため、肉棒からの性電気をいなせない。

「はっ。わ、わたしだって。ピチャ、ピチャ……」

「あっ。あたしも、負けないんだから！　チロ、チロ……」

志保と麻里奈も我に返り、そんなことを口にしてペニスに再び舌を這わせだす。

「うわあっ！　と、トリプルフェラ!?　くはあっ！」

輝樹は、思わず素っ頓狂な声をあげて、おとがいを反らしていた。

二枚の舌でも、充分すぎる快感がもたらされていたのだが、それが三枚になるとさらに心地よさが増幅される。しかも、統一感がなく思い思いに舌が這い回っているため、性電気が肉棒から絶え間なく生じて脳を灼《や》くのだ。

何より、兄嫁と二人の幼馴染みが顔を寄せ合いペニスに奉仕している姿が、牡の本能を刺激してやまない。

「くうっ！　も、もう出る！」

もともと、先走り汁が出るほど昂っていたこともあり、輝樹は一気に込み上げてきたものを堪えきれずにそう口走っていた。

「あんっ。輝樹くん、顔にかけてぇ。レロ、レロ……」

「輝くんのザーメン、いっぱいちょうだぁい。ピチャ、ピチャ……」

「ああ……輝樹の精液ぃ。ンロ、ンロ……」

と、三人が示し合わせたように一斉に亀頭を舐めだす。

おかげで、鮮烈な快感が脊髄を伝って脳天を貫き、我慢の限界を突き破る。

「ふああっ！　本当に、もう……くはああっ！」

輝樹は甲高い声をあげるなり、三人の美女の顔に白濁のシャワーを浴びせていた。

5

「んはあ。輝樹くぅん。わたし、またオチ×チン欲しくなっちゃったぁ」

「あんっ。ゆかりさん、ズルイ！　輝樹、あたしっ、あたしにチ×チンちょうだい！」

「二人とも酷いわ。わたし、しばらく輝くんとしてなくて、本当にもう我慢の限界なんだから！　ねえ、輝樹？　わたしとしましょう？」

顔の精を処理し終えると、美女たちが口々に訴えてきた。

(うわぁ。三人から同時に……)

彼女たちの、飢えた獣が獲物を見つけたような目つきにたじろいだが、輝樹自身は既に心の中で順番を決めていた。

「じゃあ、志保姉ちゃん、麻里姉ちゃん、ゆかりさんの順で」

「やったぁ。嬉しいわ、輝くん」

「むうっ。まぁ、間隔が空いていたんじゃ、仕方がないか」

「わたしと最初にして欲しかったけどぉ、夕べいっぱいしたから少しくらいは我慢しないといけないわねぇ」

嬉しそうな志保に対し、麻里奈とゆかりはやや不服そうだったものの、諦めたような言葉を発した。

どうやら、五歳上の幼馴染み人妻をトップバッターにすることに、二人とも異論はないようだ。

「じゃあ、輝くん？　今日はバックからお願い」

と言って、志保がソファの後ろに回り、背もたれを摑んで尻を突き出す。いわゆる、「立ちバック」の体勢である。

そこで輝樹は立ち上がり、彼女の背後に回り込んだ。

既に、幼馴染み人妻のそこは、愛撫をするまでもなく充分すぎるくらい濡れそぼっている。久しぶりということもあって、フェラチオだけでかなり興奮していたことが、これだけでも伝わってきた。

輝樹は、一物を幼馴染み人妻の秘裂にあてがい、一気に挿入した。

「んはあぁぁ！　久しぶりのチ×チン、来たぁぁぁ！」

歓喜の声をあげ、志保が大きく背を反らす。

奥まで挿入すると、輝樹は彼女の腰を摑んで抽送を開始した。

「あっ、あんっ、これぇ！　あんっ、いいっ！　はうっ、輝くんのっ、あうっ、チ×チンッ、はううっ、やっぱりっ、ああっ、最高よぉ！　はあっ、ああっ……！」

ピストン運動に合わせて、幼馴染み人妻が喘ぎながらそんなことを口にする。

彼女も、もはやすっかり輝樹とのセックスの虜になってしまったようだ。

「うわぁ。他の人がエッチしているところを生で見たの初めてだけど……オッパイがあんなに揺れるし、なんかすごくエッチぃ」

「そうねぇ。自分も、今の志保さんみたいに乱れているのかと思うとぉ、なんだか恥ずかしいわぁ」

という麻里奈とゆかりの声が、横から聞こえてきた。

それを耳にすると、二人に見られていることを否応なく意識せざるを得なくなる。

ただ、だからと言って今さら恥ずかしがって動きをセーブする気にもならない。むしろ、興奮が煽られて腰使いが自然に荒々しくなってしまう。

「ああんっ！　ひゃんっ、激しっ！　はうっ、輝くんもぉ！　んああっ、興奮してるぅ！　きゃふっ、すごいっ！　ああっ、すごいのぉ！　はうっ、あんっ……！」

志保の喘ぎ声がいっそう大きくなり、声のトーンも一オクターブ跳ね上がる。

どうやら、彼女も見られているのを意識することで、羞恥心よりも昂りを感じているらしい。

「でもぉ、見ているだけって言うのも、なんだか悔しいわねぇ」

「あっ、そうですね。じゃあ、あたしたちも手伝っちゃいましょうか？」

「賛成。なんだか、楽しみになってきたわぁ」

そんなやり取りが聞こえてきて、ゆかりと麻里奈が志保の両脇に移動した。そして、二人で片方ずつ人妻の乳房を鷲摑みにして揉みしだきだす。

「ひゃううっ！　オッパイッ、やんっ、ダメぇ！　ああんっ、今っ、はうっ、そんなにっ、されたらぁ！　ああっ、ひううっ……！」

五歳上の幼馴染みが、悲鳴に近い喘ぎ声を張りあげた。

それと同時に、絡みつくような膣肉がキュッと締まり、抽送を続ける一物に甘美な刺激をもたらす。

（くおおっ。き、気持ちよすぎ！）

輝樹は、腰を動かしながら予想以上の快感に内心で呻き声をこぼしていた。

二人がかりで胸を愛撫されると、異なるリズムでの刺激を受けるせいか、志保がいつも以上に敏感な反応を示す。それによって、膣道の蠢きが今までにないくらい激しくなっていた。

夕べ、枯れるまで出していなかったら、トリプルフェラ射精の直後でもこの心地よさに耐えきれず、あっさり発射していたかもしれない。

「はあっ、イクぅぅ！　ああっ、こんなっ、んあっ、されたらぁ！　あひいっ、すぐっ、はああっ、イッちゃううぅぅ！」

志保が、そんな切羽詰まった声を張りあげる。

やはり、久しぶりに輝樹のペニスを味わっているのに加え、他の二人からも愛撫されているため、自分の中の昂りをまったく抑えられなくなっているらしい。

「ああっ、輝くんっ！　はうっ、一緒ぉ！　はふっ、一緒にっ、はあっ、イキたいのぉ！　あんっ、まだぁ？　ああっ、輝くんはっ、ああっ、まだなのぉ？　はううっ、わたしっ、はううっ、これ以上はぁ！　あっ、はあんっ……！」

その幼馴染み人妻の訴えを受けて、輝樹はピストン運動を小刻みにして動きを速めた。するとパンパンとこちらの腰が彼女のヒップを叩く音がリビングに響く。

（くうっ。オマ×コがすごく締まっているから、こうしていると気持ちよくて……さすがに、そろそろイキそうだ！）

「ああっ、チ×チンッ、んはあっ、中でビクビクしてぇ！　ふあっ、輝くんもっ、はああっ、もうすぐぅ！　ああんっ、でもっ、はうっ、わたしぃ！　はあんっ、もうっ……イクうううううぅぅぅぅぅぅぅ!!」

おとがいを反らした志保が、絶頂の声を張りあげた。

すると、膣肉が激しく収縮してペニスにとどめの刺激をもたらす。

限界に達した輝樹は、もういちいち確認を取ることもせず、彼女の中に精を注ぎ込んでいた。

「はああ。出てるの、分かるぅぅ……輝くんのザーメン、わたしの中にいっぱぁい」

身体を震わせながら、志保が陶酔した声をあげる。

そうして、間もなく彼女の全身から急速に力が失われていった。他の二人がバストを摑んでいなかったら、ズルズルと床に崩れ落ちていたかもしれない。

輝樹が一物を抜くと、志保の腰が床にストンと落ちた。すると、その股間の部分から白濁の水たまりが広がる。

(夕べ、ゆかりさんとあれだけして、今さっきもトリプルフェラで出したばっかりなのに、いっぱい出たなぁ)

射精の余韻に浸りながら、輝樹はついついそんな驚きを感じていた。

自分でも、これほど出せるとはいささか予想外である。それだけ志保の中が気持ちよかった、ということだろう。

そうして、輝樹が射精の余韻に浸っている間に、麻里奈とゆかりは人妻の身体を床に下ろして胸から手を離していた。

「ああ……志保お姉ちゃん、輝樹にいっぱい出してもらって羨ましいなぁ。ねえ、輝樹？　次は、あたしの番だよ？」

そう言うと、二歳上の幼馴染みが床に横たわって、恥ずかしそうに脚をM字に開く。

「輝樹ぃ、早くあたしにもチ×チンちょうだぁい。もう、我慢できないんだよぉ」

その言葉どおり、彼女の秘裂も既に蜜を垂れ流して、すっかり潤っていた。

どうやら、幼馴染み同士のセックスを目の当たりにし、しかも自身も手伝っていたことでかなり興奮していたらしい。

そんな様子に牡の本能を煽られた輝樹は、ほとんど無意識に彼女の脚の間に入っていた。そして、分身を秘部にあてがい、無言で一気に挿入する。

「んはあああっ！　輝樹のチ×チンッ、入って来たぁぁ！」

二歳上の幼馴染みが、悦びの声をあげてペニスを受け入れてくれる。

そうして奥まで挿入し終えると、輝樹はすぐに彼女の腰を持ち上げて、荒々しい抽送を開始した。

「あっ、あんっ、いい！　あんっ、奥っ、ふあっ、届いてぇ！　はうっ、すごくいいのぉ！　ふはっ、ああっ……！」

我ながら、いささか乱暴なピストン運動だと思ったが、麻里奈はそれをしっかり受け止め、なんとも嬉しそうな喘ぎ声をこぼす。

セックスにすっかり慣れたことが、この様子からもよく伝わってくる。

輝樹は、もっと彼女を感じさせようと、いったん動きを止めて片足を大きく持ち上げた。すると、麻里奈が「ほえ？」と疑問の声をあげる。

しかし、輝樹はそれを無視して彼女の身体を横向きにした。そうして松葉崩しの体勢になると、すぐにピストン運動を再開する。

「ああっ、このっ、あんっ、体勢っ、ふあっ、横っ、あうっ、擦れてぇ！　ひうっ、あんっ……！」

初めての体位に、二歳上の幼馴染みが戸惑いつつも悦びの声を張りあげる。

さらに動いていると、戸惑いも消えてきたのか、喘ぎ声がひたすら快楽を訴えるものに変わっていった。

「はうっ、いいぃぃ！　あうんっ、輝樹のぉ！　あんっ、いいのっ！　はあっ、あたしのっ、ふあっ、オマ×コッ、はうっ、輝樹しかっ、んあっ、知らないぃぃ！　あふうっ、輝樹だけのっ、あんっ、専用オマ×コぉ！　はああっ、もっと、ああんっ、もっといっぱいっ、んはあっ、気持ちよくしてぇ！　はあっ、ああっ……！」

抽送で喘ぎながら、彼女がそんなことを口にした。

実際、麻里奈にセックスの手ほどきをし、ここまでにしたのは輝樹である。それは、志保やゆかりとは決定的に違う、彼女だけのアドバンテージと言えるかもしれない。

「はぁ、初めてが輝樹くんだなんて、麻里奈さんが羨ましいわぁ。あっ、でもぉ、この気持ちいいセックスを最初に知ったら、他の人となんてできなくなっちゃうかしらねぇ？」

　行為を見守っていた義姉が、そんなことを言いながら幼馴染みの横にしゃがみ込んだ。そして、乳房を揉みしだきだす。

「ふあっ!?　ああっ、今っ、ひゃうっ、それっ、ああっ、されたらぁ！　ひゃうんっ、おかしくなりゅう！」

「いいのよぉ。こうなったら、一緒におかしくなっちゃいましょうねぇ」

　半狂乱になった麻里奈に対し、兄嫁がそう応じながら愛撫を続ける。

「んあ……そうねぇ。今さらだし、欲望を全部さらけ出したほうが、みんな幸せになれる気がするわ」

　グッタリしていた志保までが、そんなことを言いながらこちらに近づいてきた。そして、二人の結合部に指を這わせると、位置を絶妙に調整して肉豆を弄りだす。

「ひあんっ！　しょっ、しょこぉ！　ひうっ、指っ、きゃうんっ、やううっ！　はあっ、ああんっ……！」

　敏感になっている部分を刺激されて、麻里奈がおとがいを反らし、声のトーンもいっそう跳ね上がった。

　同時に、まだキツめの膣道が締めつけをいちだんと強めて、肉棒に強烈な刺激をもたらす。

「ひいっ！　あっ、オマ×コッ、ああんっ、オッパイぃぃ！　はうっ、こんなっ、ひううっ、よしゅぎぃぃ！　ひぐっ、あひいっ……！」

二歳上の幼馴染みは、三人がかりの責めに息も絶《た》え絶《だ》えという感じの喘ぎ声をひたすらこぼしていた。

彼女との結合部からは愛液が大量に溢れ出し、抽送のたびにヌチュヌチュと粘着質な音を立てる。

もっとも、ただでさえ子宮口を突かれて大きな快感を得ていたところに、乳房と肉真珠から刺激を加えられているのだ。これだけ乱れるのも、当然のことかもしれない。

（くうっ。クリトリスを弄られているせいか、麻里姉ちゃんの中の締めつけが強すぎて……もう、出そうだ！）

輝樹は、早くも射精感が湧いてきたことに、我がことながら驚きを禁じ得なかった。

とはいえ、4Pというシチュエーション自体の興奮に加え、この膣道の締めつけや蠢きを味わっていたら、よほど枯れた男でない限りあっという間に達するのは当たり前だという気もするが。

「ひゃうっ、輝樹ぃ！　あたしっ、ああっ、もうイクよぉ！　ひうっ、ちょうだいっ！　ああっ、中につ、はあっ、中にいっぱいぃぃぃ！　ああんっ、輝樹のセーエキッ、ふああっ、注いでぇぇ！　ああっ、ひううううっ……！」

麻里奈が、切羽詰まった声で訴えてくる。

もちろん、いちいち求められるまでもなく、この状況で結合を解けるほど輝樹は冷静ではなかった。しかし、こうして中出しの許可を得られたのは、渡りに船と言える。

そこで輝樹は、抽送を早く小刻みなものに切り替えた。

ゆかりと志保も、エクスタシーを手伝おうとしているのか、愛撫の手を止めようとしない。

「はああっ、イクぅ！　もうっ……イクのぉぉ！　んはああああぁぁぁぁぁぁぁ!!」

遂に麻里奈がおとがいを反らし、絶頂の声を張りあげて全身を強張らせた。

すると、膣肉も痙攣を起こしたように激しく収縮して、一物にとどめの刺激をもたらす。

輝樹は、「ううっ」と呻き声を漏らすなり、腰の動きを止めて彼女の中に出来たてのスペルマを注ぎ込んでいた。

6

射精を終えると、輝樹は二人の美女が離れるのに合わせて、グッタリした麻里奈の足を離した。そうして、分身を抜いて結合を解く。

二歳上の幼馴染みは、荒い息をついたまま床に伸びていた。おそらく、意識が半分飛んでいるのだろう。

すると、すぐにゆかりが潤んだ目で見つめてきた。

「輝樹くぅん、最後はわたしねぇ？」

「いや、その……できれば、少し休みたいんだけど」

と、輝樹はたじろぎながら訴えていた。

普段の性欲があれば、トリプルフェラで一発出し、そのあと三人それぞれを抱いても耐えられたかもしれない。だが、今の輝樹は夕べさんざん兄嫁に精を出しまくったあとなのだ。睡眠で体力自体はそこそこ回復していたが、性欲はほぼ満たされていた。正直、ここまでよく勃《た》ちっぱなしだったと思うくらいである。

しかし、さすがに麻里奈に出した時点で、ペニスはもうすっかり元気を失っていた。

もちろん、少し前までなら多少枯れても、ゆかりの裸を見ただけで分身は硬度を回復させていたはずだ。ところが、ほんの数時間前まで彼女の肉体をとことん貪っていたこともあって、今はピクリとも反応しない。

「ああ、オチ×チンがその状態じゃあ、エッチするのも難しいわよねぇ」

兄嫁が、少しガッカリした表情を浮かべて言う。彼女も、義弟がかなり無理をしていた事実にようやく気付いたらしい。

「じゃあ、そういうことで……」

「輝くんってば、情けないこと言わないの」

輝樹が安堵しながら切り上げようとしたとき、志保がそう言って背後からペニスを握ってきた。

「ふあっ!? し、志保姉ちゃん？」

幼馴染み人妻の唐突な行動に、輝樹は素っ頓狂な声をあげてしまう。

だが、彼女は構わずに大きな乳房を背中に押しつけながら、肉棒をしごきだした。

「志保姉ちゃん、その、そんなことをされても……」

と、輝樹は恐る恐る口にしていた。

いつもなら、たちまち元気を取り戻す状況だが、今の状態ではこの刺激でも分身はほとんど反応しない。

「大丈夫。わたしに任せなさいって」

そう言うと、志保はペニスをしごきながら空いている手を会陰《えいん》に這わせてきた。

「ふえっ？　ちょっと、志保姉ちゃん、どこを弄って……」

「だから、任せなさいって」

輝樹の疑問を遮《さえぎ》って、彼女は会陰を弄り回し、それから肛門に指を這わせる。

（ううっ。お尻の穴のあたりを弄られるのってムズムズするけど、なんか妙な気持ちよさが……しかも、チ×ポを一緒にしごかれているから……）

予想外の快感がもたらされて、輝樹は困惑するしかなかった。いや、戸惑っていたのは気持ちよかったからだけではない。思いがけない刺激を受けて、あれだけ萎えていた一物が硬さを取り戻しつつあったのである。

「ふふっ。それじゃあ……」

と、志保が人差し指を肛門に入れてきた。そして、やや内側をグリグリと弄りだす。

「くあっ！　そっ、それっ！　はううっ！」

想像を超える刺激を受けて、輝樹はおとがいを反らして引きつった声をあげていた。

「うふふ。ほら、もう元気になった。もっと前立腺を弄ったら、射精だってできちゃうわよぉ」

幼馴染み人妻が、なんとも楽しそうに言う。

(前立腺……そういえば、刺激されると勃っちゃうって聞いたことがあるな)

知識としては知っていたが、さすがに輝樹も実践したことはなかった。と言うか、そもそも前立腺を弄る必要もなければ、自分でする気にもならなかったのだが。

こういう部分を把握《はあく》していて、しかもきっちり刺激してくるあたり、さすがは経験豊富な人妻と言うべきか。

「さて、チ×チンはセックスできるくらいになったけど、輝くんも少し体力が厳しそうだから、騎乗位がいいんじゃないですか？」

と、五歳上の幼馴染みがゆかりに向かって言う。

「そうねぇ。確かに、それがいいかもぉ。輝樹くん、寝そべってくれるぅ？」

兄嫁のほうも、志保の意見に異論はないらしく、そう指示を出してくる。

実際、分身は強制的に勃起させられたが、体力の消耗は予想以上だった。このまま自分が動いていたら、射精前にグロッキー状態になってしまうかもしれない。

そんな危機感もあって、輝樹は素直に床に仰向けになった。

すると、すぐにゆかりがまたがってきて肉茎を握り、自分の秘部と位置を合わせる。

「はぁ、輝樹くんのオチ×チン……茂さんがいるのにぃ、こんなことといけないって分かっているのにぃ……もうこのオチ×チンが欲しい気持ちを、ちっとも抑えられないのぉ」

そんなことを言ってから、兄嫁がためらう素振りも見せずに腰を降ろす。

「んあああああっ！　入ってきたのぉぉぉ！」

ゆかりが悦びの声をあげながら、挿入を続ける。

そして、輝樹の腰に彼女の体重がズンッと乗ったところで、その動きが止まった。

「んはああ、中をミッチリぃ……やっぱり、輝樹くんのオチ×チン、とっても大きくてすごいのぉ」

そんな言葉を漏らしてから、兄嫁は小さく腰を振り始めた。

「あっ、あんっ、いいぃぃ！　はうっ、奥っ、ふあっ、ズンズン来てぇ！　ああっ、気持ちいいぃぃぃ！　はうっ、あんっ……！」

たちまち、彼女がおとがいを反らして歓喜の声をあげる。

「それじゃあ、わたしはこっちを手伝ってあげるわね？」

と言って、志保が輝樹の胸に顔を近づけた。そして、乳首に舌を這わせてくる。

「レロ、レロ……男の人も、ここはけっこう感じるでしょう？　チロロ……」

幼馴染み人妻のその言葉どおり、胸からもどかしさ混じりの絶妙な心地よさがもたらされ、輝樹は思わず「くうっ」と呻き声を漏らしていた。

「ふやんっ！　オチ×チンッ、ああっ、中で跳ねてぇ！　ふあっ、あんっ、これっ、ひゃんっ、いいのぉ！　はううっ、きゃふっ……！」

腰を動かしながら、ゆかりが甲高い声でそんなことを口にする。

（ううっ……ゆかりさんの反応も、ずいぶんいい気がする。トリプルフェラとか、志保姉ちゃんや麻里姉ちゃんに愛撫していて興奮したってのもあるんだろうけど、やっぱり夕べの余韻がまだ身体に残っていたのかな？）

その推理は、おそらく外れてはいないだろう。

いくら一眠りしたと言っても、数時間前まで発情期の動物のように激しく何度も求め合っていたのだ。いったん鎮《しず》まったように思えても、身体の奥に情欲の炎の種火が残っていた可能性は充分にあり得る。

そして、性欲にすっかり火がついた兄嫁が腰を振るたび、得も言われぬ性電気が輝樹の脳を灼くのだ。もちろん、志保による乳首への愛撫が、快感をいっそう増幅しているのも間違いない。

「んもう。輝樹ったら、気持ちよさそうな顔をしてぇ」

輝樹が胸とペニスからの心地よさに酔いしれていると、横から麻里奈がそう言って顔を近づけてきた。そして、彼女は輝樹の唇を奪い、すぐに口内に舌をねじ込む。

「んじゅる……んっ、んむりゅ、んむむ……」

麻里奈の積極的な舌使いで、舌同士の接点から新たな快感が生じる。

先ほどまでペニスを舐めていた口だが、もうそんなことを気にする様子もなく、彼女は舌を動かして輝樹の舌を貪り続ける。

「はあっ、オチ×チンッ、ああっ、ますます元気にぃ！　あんっ、輝樹くんっ、ふあっ、興奮っ、ああんっ、しているのねぇ？　ふはっ、はああっ……！」

腰を振りながら、ゆかりがそんなことを口走る。

実際、口内からの刺激も加わったため、輝樹の中の興奮は既にレッドゾーン近くまで高まっていた。

「ああっ、輝樹くぅん！　はうっ、わたしっ、ああんっ、もうっ、ふああっ、イクぅ！　ああっ、一緒ぉ！　はあんっ、またっ、ああっ、一緒にぃ！　このまま熱いのっ、はああっ、中に注いでぇ！」

兄嫁が、腰を動かしながら切羽詰まった声で訴えてくる。

どうやら、彼女もそろそろ限界らしい。

だが、輝樹は口と胸と分身からもたらされる快楽と、半強制的に作り出された射精感のせいで頭が朦朧《もうろう》となっていて、義姉の言葉の意味をしっかり考えることもできずにいた。

もっとも、夕べも何度も中に出しているので、どのみち今さら遠慮する気など微塵もないのだが。そもそも、股間だけでなく顔と胸にまで女性がいるこの状況では、自力で肉茎を抜くなど不可能に等しい。ましてや、口を塞がれていてはこちらの意見を言葉にできないのだから、女性のなすがままになるしかない。

「あっ、あっ、んっ、んあっ……！」

兄嫁の腰の動きが小刻みなものになり、一物への刺激が射精を促すように変化する。

「ふはっ、ゆかりさん、本当にもうイキそうね？　だったら、こっちもそろそろ……レロロ……ピチャ、ピチャ……」

と、志保が輝樹の乳首の頂点を集中的に舐め回しだす。

「んじゅる……じゅぶ、んぶ、じゅるり……んむ、んむ、んじゅぶる……」

さらに、麻里奈も呼応するように舌の動きを激しくする。

「ふあっ、あんっ、オチ×チンッ、はううっ、ビクってぇ！　ああっ、イクぅ！　ふあうっ、イクのぉ！　あっ、あっ……！」

兄嫁の絶頂寸前の喘ぎ声に、五歳上の幼馴染みが胸を舐める音、そして二歳上の幼馴染みが舌を絡めながら漏らす声が、三重奏となって耳から流れ込んでくる。

それが三点からもたらされる刺激と相まって、我慢の堤防を一気に突き破る。

（くうっ！　もう出る！）

内心でそう呻くと、輝樹はゆかりの中にスペルマを注ぎ込んでいた。

「ああっ、中に出て……んはあああぁぁぁぁぁぁぁぁ!!」

同時に兄嫁がのけ反って、身体を強張らせながら絶頂の声を張りあげる。

（ううっ……目の前が暗くなって……）

輝樹は、精液と一緒に意識が遠のく感覚に襲われながら、その圧倒的な心地よさに酔いしれていた。

エピローグ

師走も半ば近くなり、U市の市内では数日前に初雪を観測していた。まだ雪は積もっていないものの、寒さがいちだんと厳しくなり、誰もが本格的な冬の訪れを実感している。

そんな、ある晴れた土曜日。

「ふあっ。くうっ。さ、三人とも……ううっ！」

「ンロ、ンロ……ふはっ。輝樹くんのオチ×チン、こんなに大きくなってぇ。ピチャ、ピチャ……」

「レロロ……輝樹も、なんだかんだ言って嬉しいんでしょう？　チロ、チロ……」

「ピチャ……ふあっ。輝くんも男の子だもの。仕方ないわよねぇ？　んちゅ、レロ、レロ……」

自室の椅子に座り、トリプルフェラの快感に喘ぐ輝樹に対し、足下に跪いて顔を寄せ合いながら奉仕をしている三人が口々に言葉を発し、さらに肉棒を舐め回し続ける。

今日は、ジャンケンで麻里奈が中央に陣取ることになり、その両脇からゆかりと志保がペニスに舌を這わせてきていた。

（くうっ。ここ最近、仕事が忙しかったから、今日はゆっくり休みたかったのに、どうしてこうなった？）

快感に浸りながら、輝樹はそんな思いを抱かずにはいられなかった。

前の４Ｐ以降、三人は輝樹の争奪戦を避けようと、順番を決めてセックスを求めてきていた。

しかし、師走に入って仕事がますます忙しくなったため、平日に彼女たちを抱くのがほとんど不可能となってしまったのである。

当然、同僚で先輩の麻里奈も同様の状況だった。いや、女性ということもあって同性の派遣社員からの相談事が次々に舞い込み、輝樹よりも忙しそうにしていたくらいである。

加えて、志保は行きつけのゴルフ場が冬期休業になった夫の土日の外出が減ったため、自由になる時間がめっきり減ってしまったらしい。

また、ゆかりも茂が出張から戻って来て頻繁な来訪は難しくなった。たまにやって来ても、兄が一緒では情事に耽ることなどできない。

おかげで、このところは一時期が嘘のように、セックスとご無沙汰な状況が続いていた。

ところが、今日は麻里奈もようやく時間が空き、志保の夫も茂も泊まりがけの出張に出かけたらしい。そのため、彼女たちは待ちかねたように輝樹の家に押しかけてきたのである。

「レロロ……ああ、このたくましいチ×チン、やっぱりウチの人のと全然違うのぉ。ピチャ、ピチャ……」

「ンロ、ンロ……ふはっ、本当にぃ。これを知ったら、もう茂さんとする気にもならなくてぇ。レロ、レロ……」

「チロロ……あたしは、このチ×チンしか知らないけどぉ。輝樹が目の前にいるのにエッチできなくて、ずっと寂しかったんだからぁ。ンロ、ピチャ……」

志保とゆかりと麻里奈が、熱心に一物を舐め回しながら、そんなことを口にする。

三人とも、しばらく輝樹と関係を持てなかったせいで、すっかり欲求不満になっていたらしい。

なお、夫がいる志保とゆかりのスケジュールがこうして休日に空く日は、少なくとも年内はもうないそうである。

独身の麻里奈にしても、仕事以外に友人との忘年会などの約束があって、丸一日フリーになるのは、今年は今日が最後だそうだ。

そのため、彼女たちは心ゆくまで輝樹を堪能するつもりらしい。

（ああ、なんだかまだ夢を見ているみたいだなぁ）

分身からもたらされる快感に浸りながら、輝樹はそんなことを思っていた。

何しろ、初恋の相手や姉のような幼馴染み、さらに憧れの兄嫁とも、こうして何度も関係を持っているのである。しかも、４Ｐまで経験しているのだ。

高校時代や東京にいるときの非モテ状態を思えば、このようなハーレム生活を送れていること自体が、信じられない気持ちになるのも無理はあるまい。

しかし、フリーの麻里奈はともかく、人妻の二人との関係にはどうしても割り切れない気持ちを抱かずにはいられなかった。

もちろん、顔すら知らない志保の夫に対しては、そこまで罪悪感はない。

だが、ゆかりの夫の茂は実兄であり、年齢差はあっても関係も良好なのである。おかげで、彼と顔を合わせるたびに、なんとも言えない居心地の悪さを覚えずにはいられなかった。そういう意味では、普段どおりの振る舞いができている兄嫁の大胆さこそ、驚嘆に値すると言っていいだろう。

しかし、そんなことを思っていても、トリプルフェラによってもたらされる性電気は輝樹の性欲を否応なく高めていき、射精感を一気に強める。

「くうっ……もう、出る！」

快感に流された輝樹は、そう呻くなり三人の顔に欲望の白い液をぶっかけた。

「はあぁぁん！　いっぱい出たぁぁぁ！」

「ああっ、輝樹の精液ぃぃ！」

「きゃふうっ。輝くんっ、すごく濃いぃぃ！」

ゆかりと麻里奈と志保が、悦びの声をあげながら、白濁のシャワーを顔面に浴びる。

そんな三人の姿を久しぶりに見ていると、これまで流されるように彼女たちと関係していた輝樹の中には、一つの思いが湧き上がってきた。

（こうなったら、みんなの身も心も完全に俺のモノにしたい！）

罪悪感よりも大きな独占欲に支配された輝樹は、硬度を維持したままの一物を美女たちに見せつけるようにして、椅子から立ち上がるのだった。

（了）

※本作品はフィクションです。作品内に登場する
団体、人物、地域等は実在のものとは関係ありません。

兄嫁《あによめ》とふたりの幼馴染《おさななじ》み
〈書き下ろし長編官能小説〉
2020年11月23日初版第一刷発行

著者……………………………………………河里一伸
デザイン………………………………………小林厚二
発行人…………………………………………後藤明信
発行所……………………………………株式会社竹書房
〒102-0072　東京都千代田区飯田橋2－7－3
電　話：03-3264-1576（代表）
03-3234-6301（編集）
竹書房ホームページ　http://www.takeshobo.co.jp
印刷所……………………………中央精版印刷株式会社

定価はカバーに表示してあります。
乱丁・落丁の場合は当社までお問い合わせください。
ISBN978-4-8019-2455-0 C0193